語言文字叢書

韶關市區粵語語音變異研究

馮國強　著

單序

單周堯

認識馮國強君多年，他給我最深刻的印象，是無論對甚麼事，都非常認真。他這種認真的態度，在這本《韶關市區粵語語音變異研究》中隨處可見。由於認真，他的研究很細緻，而且可信。

馮君研究韶關市區粵語語音多年。中國改革開放之初，馮君先後遊覽英德、陽山、連南、連縣、曲江、樂昌、仁化和韶關市區，發現粵北縣城的粵語與廣州、香港兩地的粵語頗有差異，於是選擇韶關市區此一粵北政治、經濟、交通中心作調查點，收集語料，然後分析韶關市區粵語的語音體系和特點。他的語音調查工作開始於一九八八年八月下旬，收集材料的過程並不順利，而且遇到很多無法想像、無法估計的障礙。這些困難，他初認識我時，每次見面都跟我說一遍，因此印象非常深刻。

經過幾許努力，馮君完成了他的碩士論文，題為《韶關市區粵語語音的特點》。馮君指出，聲母方面，韶關市區粵語有下列特點：

（一）n、l不分，「泥」母字也唸成l。

（二）kw、k不分，kw‘、k不分——韶關市區居民，凡kw、kw‘與ɔ系韻母相拼，不論老、中、青，圓唇介音都傾向消失。這種現象與香港中、青兩代及廣州年青一代大致相同。

（三）溪母開口字，廣州話主要讀k‘、h；溪母合口字，廣州話主要讀k‘、kw‘、h、f。韶關粵語溪母的開合兩類字讀音大致與廣州話一致，不同的是廣州話只讀h的字詞，韶關人不少兼讀k‘或只讀成k‘；廣州話讀f的字詞，韶關人也有不少兼讀或只讀k‘或kw‘的。

（四）韶關粵語有許多字由不送氣讀成送氣。

韻母方面，有下列特點：

（一）咸、深二攝有下列音變現象：

1. 咸攝開口一、二、三、四等字，深攝開口三等字中的雙唇鼻音尾韻m，可讀成舌尖中鼻音尾韻n，形成m、n兩讀。

2. 咸攝開口一、二等入聲字，深攝開口三等入聲字，雙唇塞音韻尾p，可讀成舌尖中塞音韻尾t、舌根塞音韻尾k，形成二讀或三讀的現象。

3. 咸攝開口三、四等入聲字的雙唇塞音韻尾p，可讀成舌尖中塞音韻尾t，形成p、t二讀的現象。

（二）咸攝合口三等非組入聲字，山攝開口一、二等，合口二、三等入聲字，臻攝開口三等入聲字，舌尖中塞音韻尾t可讀成舌根塞音韻尾k，形成at、ak二讀，ɐt、ak二讀現象。

（三）曾、梗二攝有下列音變現象：

1. 曾、梗二攝的ɐŋ韻母字，不少轉為ɐŋ／ɐn自由變讀，顯示ɐŋ正向ɐn遞變發展。至於ɐŋ／aŋ則為文白異讀。

2. 梗攝開口二等字，有一小部分字的韻母在廣州話只讀作aŋ，但在韶關粵語中，該類字多讀作ɐŋ。

3. 曾、梗二攝部分入聲字有ɐk／ɐt／ak三讀。

（四）主要元音a、ɐ自由變讀——廣州話有不少字原屬短元音 ɐ 韻母的，正向長元音a韻母發展；韶關粵語在這方面的發展與廣州話一致，在入聲字方面的發展，更超越廣州話，如ɐp可讀成ap／at／ak，ɐt、ɐk可讀成ak。此外，咸攝開口一、二等而韻母為ɐm的，可讀am／an，-m轉為-n，是尾韻的音變現象。韶關粵語也有一部分字的元音由a變作ɐ，此一轉變只見於陽聲韻的梗攝開口二等字，韻尾不會產生音變現象。由此可見，韶關粵語以由 ɐ 變a為主流，產生的影響也大，其影響最後可使韶關粵語入聲韻尾 -p、-t消亡，而韻母ɐk也會消亡，最後只保留ak。

（五）ɐŋ、ɐn這兩個韻母的字，偶然會讀成ɐm。

（六）韶關粵語鼻音韻ŋ̍多歸併入m̩。在調查的九個字中，韶關人只會偶爾將「五」、「午」說成m̩ /ŋ̍，而「蜈、吾、梧、伍、誤」等字則只讀成m̩。

聲調方面，則有下列特點：

（一）調值22的，可讀作33；調值33的，可讀作22。

（二）濁上變去——韶關粵語濁（古全濁字）上變去，比穗、港粵語多了「市」、「婦」兩字。由於韶關粵語調值22的，可變讀為33，所以「市」、「婦」等字，出現13、22、33三讀現象。此外，韶關粵語有不少次濁上聲的字，也變讀成陽去。

馮君的碩士論文，於一九九〇年完成，指導老師是余迺永教授，我是校外考試委員。其後馮君在新亞研究所繼續進修博士，我承乏擔任指導，於是很早就讀到馮君的文稿，也就是本書的前身。

在馮君的碩士論文中，已有專節討論韶關鄰近方言對韶關粵語的影響；馮君的博士論文，更透過不斷反覆調查多代居於韶關城區居民的粵語，通過與鄰近方言特點比較，深入研究該地粵語音變原因。

馮君的研究採用由外而內的觀察方法。韶關為核心圈，第一外圈層是曲江縣，第二外圈層是清遠、樂昌、仁化、翁源、乳源（瑤族自治區）、始興、南雄，第三外圈層是佛岡、河源、新豐、梅州市一帶地區。由於曲江方言影響韶關粵語最深，馮君便集中力量在曲江進行方言調查。舉凡曲江白話點有五成或以上的居民說白話，便進行調查，然後跟進調查該白話點鄰近村委會的不同方言。最後，曲江縣的不同方向的鄉鎮也盡量走訪。事實上，這種大範圍的調查，頗能顯示語言變化的輪廓。

馮君的語言調查工作，主要在一九九三至一九九六年進行。馮君指出，曲江是以客家話為主，客家話以外，還通行一種屬於當地土著方言的粵北土話（當地稱為虱婆聲），而城區一帶則流行粵語。

一九九七年底，曲江縣約有二十六萬二千的客家方言人口，約佔全縣人口的百分之六十六，其中農村的客家方言人口約為二十二萬五千人，城鎮的客家方言人口約為三萬七千人。

客家話在曲江縣二十三個鄉鎮均有分佈，其中二十一個鄉鎮以客家話為主要方言。梅村鄉則以虱婆聲為主要方言，客家話人口佔少數；白土鎮也是以虱婆聲為主要方言，連灘話、白話、客家話居次。

曲江縣縣城的粵語白話人口，多來自珠江三角洲白話縣。據《曲江縣志・方言概況》所述，白話侵入曲江縣時間不長，早期白話人口於清末從清遠縣遷去，大部分農村及墟鎮白話人口於日本侵略軍佔領廣州前後從廣州市及周邊白話縣分遷去，機關、廠礦的白話人口則多為一九四九年後因工作調動從各白話縣分遷去。

馮君指出，韶關、曲江白話的語音變異，主要是受虱婆聲和客家話影響。由於早年廣府人操韶關經濟命脈，當地虱婆聲人、客家人基於經濟活動的需要，因此學習白話。經過多代，舊縣城及東西河兩垻地土著的新生代說白話的人多了許多，但其母語的特點仍殘留在其目的語（白話）裡。由於接觸日多，白話人的白話也受影響而產生變異。

此外，馮君又指出，《粵北十縣市粵方言調查報告》謂曲江馬垻鎮白話「古深攝的陽聲韻尾和入聲韻尾是 -n和 -t，古咸攝的陽聲韻尾和入聲韻尾分別是 -n和 -t，-ŋ和 -k，比廣州話少了 -m、-p韻尾。」事實上絕非如此，把咸攝鼻音尾韻 -m讀成 -ŋ，僅為少數白話人家庭的現象，那是當地操虱婆聲、客家話土著把語碼轉換成粵語時，仍牢牢保留著虱婆聲、客家話的尾韻特點所致。《粵北十縣市粵方言調查報告》的曲江馬埧鎮白話發音人說的白話，是第一代客家人說的白話，因此有這種現象。如果發音人的父母都是從珠江三角洲一帶遷來三代或以上，便很少會出現這種語音現象，一般情況是：咸攝開口一、二等 [am] [ɐm] [ap] [ɐp]、深攝三等 [ɐm] [ɐp] 一類字，部分完全保留廣州話古咸、深攝尾韻的特點，部分完全變成 -n／-t，部分 -m／-p～-n／-t／-k兩種或多種形式自由變讀。咸、深二攝 -m、-p 的讀音雖存，趨勢卻是朝著 -n、-t、-k 尾韻方向演變。由此可見，馮君研精究微，故能邁越前修。

馮君這種詳稽博辨、精益求精的研究精神，在分析韶關白話 [a]、[ɐ] 混讀時也釐然可見。馮君指出：他寫碩士論文時，由於可以運用的材料太少，調查不夠深入，不能區分韶關白話 [ɐ] 跟 [a] 交替互混是跟韶關虱婆聲有關，[a] 跟 [ɐ] 交替互混是跟客家話有關；寫博士論文時，悟今是而昨非，於是予以辨正。

馮君在韶關、曲江等地作方言調查時，嚴格自行挑選合適的發音人，拒絕接受當地單位隨意派遣。他不單要求發音人遷至韶關等地至少要有三代，還要求發音人的家庭內部必須以白話為唯一交談語言。此外，馮君要研究祖語組合不同對語音有何影響，他挑選發音人時，除父親一方外，還注意到母親一方的語言。其治學之嚴謹，於此亦可見一斑。

關於漢語韻尾的從弱化到消失，許多學者曾作探討。其中日本學者賴惟勤先生透過內外轉探討漢語韻尾的演變，認為內轉韻母的主要元音短而弱，其韻尾則長而強；外轉韻母長而強，其韻尾則短而弱。

馮君質疑賴先生的理論，而採用張琨先生的說法，認為語言變異跟方言接觸有關，並作微觀調查，分析韶關白話的變異，印證張說。由此可見，馮君的研究，已達到理論層次，而不僅限於方言調查。因此，我很高興馮君這本《韶關市區粵語語音變異研究》即將面世，相信學術界許多朋友都同樣感到高興。

二〇一二年四月二十八日文農單周堯於香港大學

甘序

甘於恩

上個月馮國強先生將其博士論文發給我，曰論文即將付梓，囑我為之作序。本人頗為猶豫，因為自己雖然對粵語多少有些瞭解，但對文中涉及的客家話、粵北土話，瞭解並不多，因此要做出恰當的評論，確實不太容易。

這半個月以來，受派到珠海校區上課，帶著《韶關市區粵語語音變異研究》抽空在兩周內斷斷續續地看完，發現論文的確很有價值，有不少閃光點，值得推薦。而且有件事情讓我有點感慨，上周我帶上列印稿來到珠海，上完課卻遍尋不獲，回去後只好請我的研究生再印一份，這一周給同學上最後一次「詞彙學」，竟然意外發現上次那份列印稿就躺在講壇上——現在我有了兩份列印稿，如果我再拖延作序，那可真的說不過去了。

《韶關市區粵語語音變異研究》有幾個比較明顯的特色，或者說長處，應予肯定。

其一是背景材料的豐富。一般做方言研究，最常利用的便是縣誌上有關當地的人口、歷史、語言等背景資料，或者是各地政府網的相關資訊。可是縣誌上的材料只適宜做參考，不宜作為立論的依據，比如現在有種時髦的說法，曰粵語的發源地乃是粵西某縣，便與縣誌或網路的陳陳相因，有莫大的關係。做田野調查的，獲取背景材料，要靠自己勤查、勤問、勤聽，善於鑒別，例如馮氏對虱婆聲的分佈、類型及來源的調查，就顯示出背景材料的獨特價值。

其二是對方言真相的執著追求。說實在的，隨著社會功利色彩的強化，現在做方言田野調查，已經是吃力不討好的事了，遭遇公眾的不理解已是家常便飯。因此，不少做方言研究的，往往習慣于利用第二手材料，海闊天空地構想一番，既有「理論性」，又可免於旅途奔波之苦。我並不反對利用第二手材料，但是，第二手材料只可作為參考，做方言研究的，如果不深入到基層，瞭解語言的真實情況，培養語感，那是沒有出路的，最終可能被第二手材料所誤導。馮先生作為一位香港人，能多次到粵北地區長時間地進行田野作業，其精神著實可嘉。

其三是研究方法的獨特。方言研究沒有顯見的經濟價值，不管是在內地，還是在海外，調查時間往往難以保證，在這種情況下，要探尋事實的真相，講究方法，因時因地地做出某些方法上的改變，也是促使調查獲得預想效果的途徑之一。說實話，剛剛拿到馮先生的稿子時，看到題目是《韶關市區粵語語音變異研究》，裡面卻有許多小節談的卻是客家話和土話的特點，感到有點詫異，後來想想，在粵北這塊方言複雜的土地上，如果不對各種方言進行全面的瞭解，研究其間的接觸關係，要真正解決粵語語音變異的深層原因，可謂難上加難。馮氏在做專題方言調查時，還講究「靈活的處理」，就是因應特殊環境和特殊情況，設計各種不同的調查表格，見縫插針地訪查，終於有所收穫。

其四是觀點的鮮明可信。做方言研究，往往沒有現成的答案，因為我們接觸的許多方言，多為首次披露，價值不可低估。我經常對我的研究生說，不要迷信所謂大家的語言定律，要大膽懷疑，善於發現，善於建構。「大家」說的規則，更多的是他們見識到的方言現象，而他們沒有見到的現象，總結出的規則就不一定管用。因此，觀點要可信，重要的一點就是事實要真確，要善於運用各種科學方法，來探求語言事實，同時不要被現有的定論所束縛。在這點上，《韶關市區粵語語音變異研究》也做出可喜的探索，比如對《粵北十縣市粵方言調查報告》記錄的質疑，對余靄芹先生關於韻尾脫落解釋的商榷，以及作者對地望語言影響調查結果的解釋，體現了作者難得的學術勇氣，都是比較可信的。

《韶關市區粵語語音變異研究》還有不少可貴的材料和觀點，值得語言工作者仔細研讀，作為研究的參考，此處便不再細說了。

是為序。

2012年3月19日深夜於暨南大學珠海校區

3月22日再改

目次

第一章
導言

第一節　研究目的

英德、陽山、連南、連縣、曲江、樂昌、仁化和韶關市區各市縣居民操的粵語跟穗港粵語是有所差異。韶關市區粵語一方面比以上各縣粵語複雜及多變異以外，韶關又是粵北政治、經濟、文化、交通中心，選擇韶關市區作為研究對象是較為具有挑戰性。

本文的撰寫，是透過不斷反覆調查多代居於韶關城區居民的粵語，通過與鄰近方言特點比較，進行深入研究該地方言音變原因。

第二節　前人的調查

周法高提及1928年1月到1929年2月，中央研究院歷史語言研究所曾到兩廣展開方言調查，當中包括了樂昌與韶州。[1]當年的調查，是樂昌的塘村，韶州城的灣頭村。[2]

宋學於1980年表示全國各省在50年代後期，根據1956年3月20日教育部和高等教育部發出《關於漢語方言普查的聯合指示》及1957年

1　周法高《論中國語言學》（香港：香港中文大學出版社，1980年）註三十二，頁20。

2　Hashimoto,Anne Yue:The Liang-Yue dialect materials. Unicorn,6,35-51,1970。
1993年12月，香港城市理工學院舉辦第四屆國際粵方言研討會，余靄芹教授跟筆者表示，這批語音材料屬於趙元任先生後人，現在由丁邦新先生保管。

3月7日的補充通知，廣東跟全國各省一樣進行一次漢語的初步普查，還編寫了《廣東話方言概況》，共五、六十萬字，原稿部分已經失落，餘下部分保存在中山大學、暨南大學和華南師範學院。[3] 1988年，筆者曾經向黃家教先生表示希望看一看餘下部分材料，黃教授當時稱材料實在全部遺失，也表示不必去看，材料只是由一些只是通過學習班學習一點兒國際音標的人員負責，一點音韻常識也沒有，材料可信性甚低。

到了80年代，中國社會科學院跟澳大利亞人文科學院合作編制《中國語言地圖集》，於是便開展全國方言調查。調查粵北山區方言這項任務，由鄭張尚芳和白宛如負責。白宛如主要負責調查白話，鄭張尚芳先生主要負責調查樂昌、連南、連縣、連山、乳源、陽山、曲江、韶關、仁化、南雄、始興、翁源、英德的韶州土話和客家話。白話方面，鄭張先生在曲江馬壩鎮也調查了。鄭張先生的調查，分別在1985年11月和1986年3至5月進行，在韶關地區的十三個縣市一共進行了七十三個方言點的調查。[4] 這些材料是一種粗略的調查，除了兩個方言點採用《方言調查字表》(3810字)外，其餘的是採用精簡表。一些採用《541字表》，較略的還採用自編的《185字，110條詞句》，部分採用白宛如的《廣東方言調查表，1986》。

整個80年代，關於粵北方言的文章並不太多。整片敘述的有梁猷剛〈廣東省北部漢語方言的分佈〉、熊正輝〈廣東方言的分區〉、鄭張尚芳〈廣東省韶州土話簡介〉。[5] 單方言點探討的主要文章有黃家

3 宋學〈1957～1958年全國漢語方言普查的成果調查〉、《語文現代化(叢刊)》(上海市：知識出版社，1980年5月)第二輯，頁277。

4 鄭張尚芳《廣東北部韶關地區方言分佈概況》。這是鄭張先生手稿複印本材料，先生給筆者祇有兩頁，是「壹、調查點」的一個部分。

5 梁猷剛〈廣東省北部漢語方言的分佈〉《方言》(北京市：中國社會科學出版社，1985年5月24日)第二期。

教、崔榮昌〈韶關方言新派老派的主要差異〉、易家樂〈南雄方言記略〉、余偉文〈樂昌白話的語音特點〉。[6]

到了90年代，粵北方言開始受人注視。韶關大學余伯禧校長、林立芳教授在1991年發表了〈韶關方言概況〉。[7] 其後，韶關大學林立芳教授利用校址處於粵北山區的大好優勢，率領部分年輕校內學者進行大規模調查，先後發表了大量文章，分別有林立芳〈馬壩客家方言同音字匯〉、〈馬壩方言詞匯〉、林立芳跟莊初昇《南雄珠璣方言志》、鄺永輝、林立芳、莊初昇〈韶關市郊「虱婆聲」的初步研究〉、林立芳、莊初昇〈韶關本城話音系〉、鄺永輝〈粵語影響下的韶關市城區普通話詞匯特點〉、林立芳、莊初昇〈南雄珠璣方言與珠江三角洲諸方言的關係〉、莊初昇〈粵北韶關市的閩方言——連灘聲〉、林立芳、莊初昇〈如何看待珠璣方言與粵方言的關係〉、鄺永輝、林立芳、莊初昇〈韶關市郊石陂村語言生活的調查〉、莊初昇〈粵北客家方言的分佈和形成〉、鄺永輝、莊初昇〈曲江縣白土墟言語交際中的語碼轉換〉。[8] 據莊初昇先生稱，韶關大學不單自行調查當地方言，更與張

熊正輝〈廣東方言的分區〉《方言》（北京市：中國社會科學出版社，1987年8月）第二期。

鄭張尚芳〈廣東省韶州土話簡介〉（未刊稿）（漢語方言學會第四屆學術討論會論文）。

6 黃家教、崔榮昌〈韶關方言新派老派的主要差異〉《中國語文》（北京市：中國社會科學出版社，1983年）第二期。

易家樂（Egerod,Søren）〈南雄方言記略〉《方言》（北京市：中國社會科學出版社，1983年）第二期。

余偉文〈樂昌白話的語音特點〉《第二屆國際粵方言研討會論文集》（廣州市：暨南大學出版社，1990年12月）。

7 余伯禧、林立芳〈韶關方言概況〉《韶關大學韶關師專學報》（廣州市：韶關大學韶關師專學報編輯部，1991年）第三期。

8 林立芳〈馬壩客家方言同音字匯〉《韶關大學學報》（社會科學版）（廣州市：韶關大學學報編輯部，1992年）第一期。

雙慶、李如龍等教授在韶關市展開了虱婆聲、客家話的調查。

這十年，除了韶大擔當起重要角色，也有不少學者跑到粵北山區進行田野調查，先後發表論文、著作的有李如龍、張雙慶《客贛方言調查報告》、余偉文〈樂昌幾種土話的語音特點〉、邵宜〈韶關市粵語的特點〉、陳曉錦〈曲江白土䃅𡢃話聲韻調〉、張曉山〈連縣四會話的聲韻調及其特點〉、邵慧君〈韶關本城話的變音〉、邵慧君〈粵北清遠市區白話述略〉、張曉山〈連縣四會話與廣州話聲韻特點比較〉、張曉山〈連縣四會話的聲韻詞及其特點〉、陳曉錦〈粵北曲江的閩話——連灘話特點簡述〉、詹伯慧、張日昇《粵北十市縣粵方言調查報告》、陳延河〈廣東連山小三江客家話記略〉、李如龍、張雙慶〈客贛方言

林立芳〈馬墹方言詞匯〉《韶關大學學報》（社會科學版）（韶關市：韶關大學學報編輯部，1994年）第一期。

林立芳、莊初昇《南雄珠璣方言志》（廣州市：暨南大學出版社，1995年10月）。

鄺永輝、林立芳、莊初昇〈韶關市郊「虱婆聲」的初步研究〉《韶關大學學報》（社會科學版）（韶關市：韶關大學學報編輯部，1995年）第一期。

林立芳、莊初昇〈韶關本城話音系〉（全國漢語方言學會第八屆學術討論會論文，1995年10月）。

鄺永輝〈粵語影響下的韶關市城區普通話詞匯特點〉《韶關大學學報》（社會科學版）（韶關市：韶關大學學報編輯部，1996年）第一期。

林立芳、莊初昇〈南雄珠璣方言與珠江三角洲諸方言的關係〉《韶關大學學報》（社會科學版）（韶關市：韶關大學學報編輯部，1996年）第一期。

莊初昇〈粵北韶關市的閩方言——連灘聲〉《第四屆國際閩方言研討會論文集》（汕頭大學出版社，1996年）。

林立芳、莊初昇〈如何看待珠璣方言與粵方言的關係〉《韶關大學學報》（社會科學版）（韶關市：韶關大學學報編輯部，1997年）第一期。

鄺永輝、林立芳、莊初昇〈韶關市郊石陂村語言生活的調查〉《方言》（北京市：商務印書館，1998年）第一期。

莊初昇〈粵北客家方言的分佈和形成〉《韶關大學學報》（社會科學版）（韶關市：韶關大學學報編輯部，1999年）第一期。

鄺永輝、莊初昇〈曲江縣白土墟言語交際中的語碼轉換〉（未刊稿）第六屆雙語雙方言研討會（國際）論文。

入聲韻和入聲調〉、邵宜、邵慧君〈清遠「學佬話」記略〉、吉川雅之〈粵北粵語和粵北客家話一些共同特徵〉、張雙慶、萬波〈南雄（烏徑）方言音系特點〉、張雙慶、萬波〈樂昌（長來）方言古全濁聲母今讀音的考察〉、周日健、馮國強〈曲江馬垻（葉屋）客家話語音特點〉。[9]

---

9 李如龍、張雙慶《客贛方言調查報告》（福州市：廈門大學出版社，1992年1月）。
余偉文〈樂昌幾種土話的語音特點〉（1992～1993年廣東省中國語言學會學術年會論文提要，1993年5月6日～9日）。
邵宜〈韶關市粵語的特點〉（1992～1993年廣東省中國語言學會學術年會論文提要，1993年5月6日～9日）。
陳曉錦〈曲江白土蝨䲁話聲韻調〉（1992～1993年廣東省中國語言學會學術年會論文提要，1993年5月6日～9日）。
邵慧君〈韶關本城話的變音〉（未刊稿）第七居全國漢語方言年會論文，1993年7月。
邵慧君〈粵北清遠市區白話述略〉第四屆國際粵方言研討會論文，1993年12月。
張曉山〈連縣四會話與廣州話聲韻特點比較〉《暨南學報》（哲學社會科學）（廣州市：暨南大學學報編輯部，1994年）第三期。
張曉山〈連縣四會話的聲韻詞及其特點〉《韶關大學學報》（社會科學版）（韶關市：韶關大學學報編輯部，1994年）第三期。
陳曉錦〈粵北曲江的閩話──連灘話特點簡述〉《暨南學報》（哲學社會科學）（廣州市：暨南大學學報編輯部，1994年）第三期。
詹伯慧、張日昇《粵北十市縣粵方言調查報告》（廣州市：暨南大學出版，1994年12月）。
陳延河〈廣東連山小三江客家話記略〉《客家縱橫》（閩西客家學研究會，1994年12月）。
李如龍、張雙慶〈客贛方言入聲韻和入聲調〉《吳語和閩語的比較研究》（上海市：上海教育出版社，1995年5月）。
邵宜、邵慧君〈清遠「學佬話」記略〉《中國語文研究》（香港：香港中文大學中國文化研究中心吳多泰中國語文研究中心出版，1995年10月）第十一期。
吉川雅之〈粵北粵語和粵北客家話一些共同特徵〉（未刊稿）第五屆國際粵方言研討會論文。
張雙慶、萬波〈南雄（烏徑）方言音系特點〉《方言》（北京市：中國社會科學出版社，1996年11月）第四期。

80年代中葉，廣東各市縣開始著手編寫市志、縣志及不同專志，這些新編的地方志都包含一章方言材料。進入90年代，粵北市縣志書先後出版的有《南雄縣志》、《仁化縣志》、《樂昌縣志》、《乳源瑤族自治縣縣志》、《始興縣志》、《曲江縣志》。[10]

90年代，粵北方言可稱有了一個稍為清晰的面貌，這對筆者要分析韶關粵語變異原因，有莫大幫助。

第三節　研究方法

筆者的碩士論文也是探討韶關粵語，研究方法也在此一起交代。

韶關市區的方言調查，筆者在1987年7到8月間開始籌備，並在韶關生活了一個半月。第二階段的工作由1988年8月到1989年初，在韶關調查了半年，生活了半年，觀察了半年。其後從1989年中到1990年底，筆者利用假期跑到韶關，有的時候不斷反覆核其材料，有的時候

張雙慶、萬波〈樂昌（長來）方言古全濁聲母今讀音的考察〉《方言》（北京市：中國社會科學出版社，1998年）第三期。

周日健、馮國強〈曲江馬垻（葉屋）客家話語音特點〉《客家方言研究》（廣州市：暨南大學出版社，1998年9月）。

10 南雄縣地方志編纂委員會《南雄縣志》（廣州市：廣東人民出版社，1991年6月）。

仁化縣志編纂委員會辦公室、縣志編緝室編《仁化縣志》（仁化縣志編纂委員會出版，1992年12月）。

樂昌縣地方志編纂委員會編《樂昌縣志》（廣州市：廣東人民出版，1994年1月）。

乳源瑤族自治縣地方志編纂委員會編《乳源瑤族自治縣縣志》（廣州市：廣東人民出版，1997年12月）。

始興縣地方志編纂委員會編《始興縣志》（廣州市：廣東人民出版，1997年?月）。

曲江縣地方志編纂委員會編《曲江縣志》（印刷中）。

抽樣調查變異語音材料。

1987年的工作，主要先行了解當地白話的特點及該特點的普遍性，務求肯定那些變異特點在發音人身上並不是一種偶發性。另一方面，要肯定該變異特點具有普遍社會性，然後回港準備第二階段的工作。筆者不單先行了解當地白話的特點及該特點的普遍性，也了解當地的方言分佈，還到鬧市公共場所進行自然觀察，觀察在自然發生狀態之下自然發生的變異現象，了解當地語音變體跟語言內部的分化無關。由於發現當地的語音變體跟語音接觸有密切關係，本文主要從語言接觸方面進行語音變異研究。

在國內調查是有一定程度上的困難，中國並不容許外地人在國內進行調查，更不容許個人跟單位或個人跟個人進行合作調查，祇可以通過香港新華社的協助，進行單位對單位的合作。在這種種受制下，開展調查是很困難的。

新中國社會是沒有西方那種社會階層[11]（社會地位）的區分，韶關市區粵語的變異並不存在著威廉·拉波夫（Willaim Labov）調查美國紐約市（r）音的社會分層現象，分層抽樣（類型抽樣）自然不適合應用於韶關。在中國進行調查，抽取樣本不能夠像歐美國家或香港先進地區一樣可以利用當地政府的人口數據進行科學及系統的抽樣。一切有關人口材料都是國家機密，作為一個外人，碰一碰也不宜。抽取樣本時，是運用判斷抽樣，就是按照北江區、武江區、湞江區抽取老、中、青年樣本，樣本規定受訪者家中族人必須來韶關市區居住已

11 Labov W., 1972. Sociolinguistic Patterns. Philadelphia:University of Pennsylvania Press. (ch.2「The Social Stratification of (r) in New York City Department Stores」.) p.44：社會分層（social stratification）——威廉·拉波夫表示使用這個術語，是表明社會的正常活動方式已經在一定的集團與人群間所形成的差別，因而分層的形式，為大眾公認為地位（status）或聲望（prestige）差異的體現……社會分層的一個最重要指數是按職業區分。

有三代或以上，家庭內部衹說粵語，不說其他方言方算是合適人選。

由於不是運用電腦進行抽取三區的老、中、青年樣本，有的時候是採用偶遇抽樣，有的時候運用雪球抽樣。偶遇抽樣就是在特定的場合下偶然遇到具有代表性的發音清楚的研究對象的樣本。雪球抽樣就是按著手上一批合作人的網絡圈進行走訪，然後抽取另一批的合作人樣本，這樣可以逐漸擴大調查面。

在系統調查以外，也經常到公共場所進行觀察，通過公共場合交談者的交談來檢查一些語言變異現象，以便跟進或判斷系統調查時所忽略的地方。以上的抽樣方法，後來在1993年～1996年也應用到曲江土話（虱婆聲）、客家話、連灘話的調查。

本文的材料處理方法，除了錯讀以外，完全尊重當地的實情，反映當地方言老、中、青年三代人的共時普遍現象——語音變異，不會僅從材料中提取那些符合自己觀點的語音變異材料，忽略發生率低的及摒棄那些不符合自己觀點的材料，務求對調查的語言社會的語言形式及規律充分反映出來。事實上，發生率低的語音變異材料，可能成為新的語音變異的源頭。

此次調查，是以根據中國社會科學院語言研究所編的《方言調查字表》為依歸，字表共有3,810個漢字，發音人沒有高中文化水平，便難以配合這項工作。這次調查，挑選了具有高中、中專或以上教育程度的發音人，合作人一定要在韶關住上三代或以上。不符合這個條件，偶爾也會拿出《方言調查字表》前數頁的聲韻調音系基本探索材料進行記錄語音，這些材料一共有471個字。部分合乎條件卻無法抽空協助，或不合乎條件者，偶爾也會拿出已經挑選出來的百餘個咸深山臻曾梗各攝字給他們發音。這些字音衹作參考，這一類人大約有四十餘人。

年青的發音人，集中高三或大專學生；年三十以上的發音人，大部分是語文教師，一般具中專或以上的教育程度；老年的發音人(年六十以上)，所挑選的都是退休教師。發音人當中，有母子關係、父子關係、姊弟關係、師生關係、鄰舍關係、同事關係，以上各人中，祇有部分人可以給予全面配合。

此次調查，完全集中鬧市一帶。韶關市區的鬧市，主要集中在中州半島（即帽子峰以南，即曲江縣舊縣城）及中州半島兩岸隔江相對的沿岸一帶（湞江區東河以西及武江區武江路一帶）。

在處理碩士論文的時候，只是運用上一些祇有數個字例的客家話及韶州土話材料。[12] 若果要深入觸及韶關粵語變異原因，探討該地粵語語音未來音變的方向，進行調查粵語以外的方言是必要的。

1966年至1975年為中國第三、第四個五年計劃時期，根據「戰備疏散」的方針，韶關選作廣東的「戰略後方」，國家將部分建於廣州的重工業遷往韶關，韶關因而成為華南重工業基地，中央和省在韶關市先後興建了一批工廠。這些工廠就是坐落在今天韶關市區的北江區、武江區和湞江區。這三區原有許多土著和遷來已久的客家人，因為發展的關係，農田變成為工業發展區，土著、客家人和居於城關或附近的白話人，也要遷往別處。

今天面向北江區中州半島一帶的武江區、湞江區居民，很少是當地土著，大部分居民是政府計劃分配遷來。有來自城區附近，有來自曲江各鄉鎮，有來自曲江縣境四周範圍的市縣。由於發生了變遷，在韶關市區不容易找到一位歷代或住上多代而操客家話或操韶州土話

---

12 黃家教、崔榮昌〈韶關方言新派老派的主要差異〉《中國語文》（北京市：中國社會科學出版社，1983年）第二期。

梁猷剛〈廣東省北部漢語方言的分佈〉《方言》（北京市：中國社會科學出版社，1985年5月24日）第二期。

余偉文〈樂昌白話的語音特點〉《第二屆國際粵方言研討會論文集》（廣州市：暨南大學出版社，1990年12月）。

（虱婆聲）的發音人。找到了，由於外來人口比當地土著要多，因此，即使土著也已改說白話多時。市區找不到，衹好以「禮失求諸野」 的方法，於是跑到郊外去找。

由於韶關市區位於曲江縣（郊縣）的中央位置，曲江正好是團團包圍韶關市區，調查曲江縣的粵語（白話）、客家話、本地土話是必要的，曲江方言影響韶關粵語也最深。筆者在當地調查時，發現除了曲江縣各鄉鎮的人遷移到韶關市區外，樂昌、仁化、清遠、英德、佛岡及粵東各市縣的鄉鎮人口流動到韶關市也很多。今天要撰寫《韶關市區粵語語音變異研究》，曲江縣的方言調查是不能少的。以下為筆者在曲江縣及別縣曾經進行調查的地方，表列如下：

表一　白話調查點

<table>
<tr><th>方言</th><th>鎮</th><th>村委會</th><th>方言</th><th>鎮</th></tr>
<tr><td rowspan="21">粵語</td><td colspan="2" rowspan="7">馬垻鎮街道</td><td rowspan="19">客家話</td><td>馬垻鎮鞍山村委會和樂村葉屋</td></tr>
<tr><td>馬垻鎮陽崗村委會上何村</td></tr>
<tr><td>馬垻鎮新村村委會馬屋</td></tr>
<tr><td>馬垻鎮馬垻大隊石灣下門</td></tr>
<tr><td>馬垻鎮陽崗村委會坪田村</td></tr>
<tr><td>馬垻鎮馬垻村委會矮石</td></tr>
<tr><td>馬垻鎮 瀧溪村委會丘屋</td></tr>
<tr><td colspan="2" rowspan="3">烏石鎮街道</td><td>烏石村委會林屋</td></tr>
<tr><td>烏石村委會成屋村</td></tr>
<tr><td>展如村委會賴屋</td></tr>
<tr><td colspan="2" rowspan="4">犁市鎮街道</td><td>犁市村委會大山口村</td></tr>
<tr><td>下阪村委會坪石村</td></tr>
<tr><td>下阪村委會茶山村</td></tr>
<tr><td>石下村委會東雷村</td></tr>
<tr><td rowspan="3">白土鎮</td><td>街道</td><td rowspan="3">油坪村委會塘夫村陳屋</td></tr>
<tr><td>烏泥角村委會</td></tr>
<tr><td>孟洲垻村委會</td></tr>
<tr><td colspan="2" rowspan="2">大坑口鎮街道</td><td>石角村委會老屋村</td></tr>
<tr><td>石角村委會鄧屋</td></tr>
<tr><td colspan="4">乳源瑤族自治區桂頭鎮街道</td></tr>
<tr><td colspan="4">樂昌縣縣城</td></tr>
</table>

表二　客家話、虱婆聲調查點

<table>
<tr><th>方　言</th><th colspan="2">鎮</th></tr>
<tr><td rowspan="9">曲江縣各處客家話</td><td colspan="2">楓灣鎮步村村委會塘角夫</td></tr>
<tr><td colspan="2">羅坑鎮新塘村委會廟前村</td></tr>
<tr><td colspan="2">羅坑鎮羅坑村委會謝屋村</td></tr>
<tr><td colspan="2">大橋鎮水江村委會羅江唐村</td></tr>
<tr><td colspan="2">大橋鎮古洋村委會埧子村</td></tr>
<tr><td colspan="2">黃坑鎮黃坑村委會自然頭村</td></tr>
<tr><td colspan="2">周田較坑村委會涯婆石村</td></tr>
<tr><td colspan="2">重陽鎮暖水村委會黃屋</td></tr>
<tr><td colspan="2">龍歸鎮龍安村委會安村</td></tr>
<tr><td>梅縣客家話</td><td colspan="2">三角鎮場林坪</td></tr>
<tr><td>韶關客家話</td><td colspan="2">新韶鎮東河村委會埧地村</td></tr>
<tr><td rowspan="9">曲江縣虱婆聲</td><td colspan="2">白土鎮中鄉</td></tr>
<tr><td colspan="2">白沙鎮大村村委會</td></tr>
<tr><td colspan="2">樟市鎮流坑村委會中村新鄧屋</td></tr>
<tr><td colspan="2">重陽鎮街道（船話）</td></tr>
<tr><td rowspan="2">梅村鎮</td><td>梅塘村委會竹兜灣村</td></tr>
<tr><td>梅塘村委會水尾村</td></tr>
<tr><td rowspan="2">周田鎮</td><td>街道（船話）</td></tr>
<tr><td>周田村委會風度村</td></tr>
<tr><td colspan="2">犁市鎮獅塘村</td></tr>
<tr><td>韶關本城話（虱婆聲）</td><td colspan="2">中洲半島（舊曲江縣縣城）</td></tr>
</table>

今次研究韶關粵語變異原因是採用由外而內的觀察方法。韶關為核心圈，第一外圈層是曲江縣，第二外圈層是清遠、樂昌、仁化、翁

源、乳源（瑤族自治區）、始興、南雄，第三外圈層是佛岡、河源、新豐、梅州市一帶地區。

從地緣作出觀察，曲江方言影響韶關粵語是最深的，筆者便集中力量在曲江進行方言調查。舉凡曲江白話點有五成或以上的居民說白話，便會進行調查，然後跟進調查該白話點鄰近村委會的不同方言。最後，曲江縣的不同方向的鄉鎮也盡量走一走及採訪。事實上，大範圍的調查能夠顯示語言變化的輪廓。

此次調查，主要集中在1993年至1996年。材料是以中國社會科學院語言研究所編的《方言調查字表》為依歸。不過，有時候還要根據實際情況製作專題調查材料。[13]

在曲江縣境內的調查，抽樣方式跟調查韶關一樣，樣本規定受訪者家中族人必須來曲江縣居住已有三代或以上，家庭內部要說單一方言，不說其他方言方算是合適人選。

---

13 製作專題調查材料是極為需要的，是一種靈活的處理，一則配合偏僻地方的調查，一則配合特殊環境的需要。

當要到達偏僻的山區鄉鎮進行調查，當地附近衹有年久失修，沉降多坑的鄉間車道，單是決定是否前往已是一個讓人頭疼不已的問題。決定了前往，又總是教人花去大半天以上的時間方能到達目的地，最後不一定找到合適的發音人，主要是他們的文化水平較低，有點文化的伙子已經跑出鄉鎮以外工作。這個原因以外，他們不理解調查的作用，心理上很畏懼，抗拒的很多，怎能夠要求他們配合全面的調查。

香港學校假期，許多時候並不配合農耕的活動。暑假時期，正是他們的農忙季節，鄉鎮幹部忙著下鄉指示農民趕及翻土、下種工作，難以撥出太多時間協助走訪尋找合適的發音人。農民又忙著新一輪田耕工作，很難撥出時間配合；遇上春節、清明傳統節日，他們只會忙著節日活動，不大願意抽空出來協助一下。

解決這個難題，衹好簡化一點去調查。我的調查對象是韶關市區的粵語，變異最多的地方是咸深山臻曾梗（兼入聲）各攝，舉凡曲江縣鄉鎮客家人或操虱婆聲者（曲江一地，他們多自稱為「虱婆聲」）願意合作，不論是衹可提供半小時、一小時、兩小時、三小時的合作，筆者因應情況而拿出不同的針對性簡化專題調查材料。

不論是在韶關、曲江縣進行調查，為求詳細了解當地說話人某些語音變異情況，除了調查3,810個漢字，還採用反覆調查。進行反覆調查，主要目的是尋求某種變異特點是否具有普遍的連續性。

本文的研究，是採用語言接觸進行分析韶關粵語的音變原因，也通過威望語言去解釋音變現象。

第二章
韶城粵語形成的歷史地理背景[1]

「韶城」，是明清時期韶州、曲江的政治中心。那時的韶城，祇限於今天韶關中州半島範圍。

曲江縣城於1964年3月20日，經廣東省省人委批准遷移馬壩。[2] 1966年2月，曲江舊縣城由韶關改遷到馬壩鎮[3]。1977年1月，韶關市升格為省轄市，轄曲江為郊區縣，市府駐地依然在中州半島。[4]

韶關一名，起初專指韶州一地的稅關，其後成為地名。今天的韶關市區範圍，比昔日「韶城」管轄範圍大，這是城區經濟長期發展的

1　韶城是文獻上的習慣地名用語。
清・秦熙祚纂修《曲江縣志》〔康熙二十六年（1687年）抄本〕〈觀止第九上・文〉，卷之三，明・商輅〈河堤記〉頁44a。
清・林述訓等纂《韶州府志》（據同治十三年（1874年）刊本影印，臺北市：成文出版社，1966年10月，臺一版）卷十五〈建置略・城池〉，明・符錫〈修築東河堤記〉頁3~4b。
同治《韶州府志》〈經置略・壇廟〉卷十九，道光二年（1822年）知府金蘭原〈重修文昌廟記〉，頁4a。
同治《韶州府志》〈經置略・壇廟〉卷十九，同治十一年（1872年）〈忠惠廟錄異考〉，頁11a。

2　韶關編輯部《韶關年鑑》（韶關編輯部，1986年11月24日）頁180：「據1975年11月國務院188號文件，曲江縣劃韶關市管轄。歷代縣治均駐韶州（今韶關市）。縣城於1964年3月20日，經省人委批准遷移馬壩。」

3　董坪申〈試述曲江縣城的變遷〉《曲江文史》（政協曲江縣文史資料委員會編，1990年3月）第十五輯，頁64。

4　秦熙祚《曲江縣志》卷之三，明・周嘉謨〈曲江縣儒學記〉頁65b：「昔人謂中州清淑之氣至嶺而窮，楊文信則以南州清淑之氣自韶而始。」同卷中，清康熙年間韶州府知府馬元《新建東嶽廟記》頁88a云：「客又進曰，中州淑氣實始於韶。」

結果。

明、清時期，曲江是韶州府的首縣，[5] 其府治及縣治在五代後梁乾化（911～915年）初年已經遷到今天韶關市區的中州半島位置。[6] 羅香林《客家研究導論》將通行客家方言的縣分為純客住縣和非純客住縣，曲江為韶州府的非純客住縣，屬於一級住縣，客家人口佔全縣人口百分之八十。[7] 今天，曲江還是以客家話為主，客家話以外，還通行一種屬於當地土著方言的粵北土話（當地稱為虱婆聲），而城區一帶則流行粵語。[8]

粵語曾經一度差不多遍及韶關。1938年，日軍為切斷中國對外經濟聯繫，迫使中國政府投降，在大亞灣登陸，進侵廣州。同年10月18日，廣州淪陷，廣東省政府和第四戰區司令部、駐廣東的第十二集團軍總部遷到韶關，韶關成為廣東的臨時省會。1941年12月25日，香港淪陷，逃到韶關的人不少。自廣州淪陷後，戰時的韶關成為廣東戰時省會，是政治、軍事、文化中心，地位也顯得更重要，韶關人口由原

5 清．張廷玉《明史》（臺北：藝文印書館據清乾隆武英殿刊本景印，民國四十七年）卷四十五，地理志第二十一，廣東下記，頁12a：「韶州府，元韶州路，屬廣東道宣慰司，洪武元年為府，領縣六……曲江，倚……」；趙爾巽《清史稿》（北京市：中華書局，1976年7月第一版。）卷七十二，地理志十九，總頁2276，〈廣東下記〉：「韶州府，韶連道治所，領縣六：曲江，倚……。」

6 韶州古城第三次遷到湞武間之中洲，稱中洲舊城。建城時間多謂在南漢白龍二年（926年）。但據光緒《曲江縣志》卷五，頁1a〈輿地書三〉：「（後）梁乾化初，錄事李光冊移州治於武水東，湞水西，筆峰山下。五代南漢白龍二年，刺史梁裴始築州城。」從遷州治來看，應在五代後梁乾化（911～915年）初年，比南漢要早，南漢只在遷治後築州城。

7 羅香林《客家研究導論》（上海市：上海文藝出版社，1992年1月據希山書藏1933年11月初版影印）頁95。

8 韶關市北江區市中心虱婆聲人口為1,000人左右。見表八韶關市區虱婆聲人口分佈及人口數字表。

來的六萬多人猛增至二、三十萬人。[9] 難民紛紛出現在東西河對岸的郊區，從北門至五里亭，從小皇崗至十里亭、烏蛟塘、大皇崗、鏡湖村及金鳳坪、靖村、河邊廠、犁市等地，[10] 市區一度出現繁華景象。1941年10月，韶關市區有大小商店七千間。此時，來自廣州的商民很多，商業的把持者為廣府人，而農貿市場，多為曲江、仁化等農民進城出售大米柴炭、蔬菜、三鳥、魚類等。[11] 戰爭結果釀成粵語加速移入韶關。

1966年至1975年為第三、第四個五年計劃時期，根據「戰備疏散」的方針，韶關被選作廣東的「戰略後方」，國家將部分本建於廣州的重工業遷往韶關，韶關因而成為華南重工業基地，中央和省在韶關市先後興建了一批工廠。[12] 隨著工業生產規模迅速擴大，物資運輸量急劇增加，促進了交通運輸業的發展。[13] 韶關因工業的發展，經濟地位再次提升，公路、水路得到長足擴展，鐵路更是重要的運輸工具，京廣、滬廣線的特快火車，選韶關為中途站，可見其地理位置之重要。

工業、交通工具的發展，加速珠江三角洲跟韶關互相接觸，加速

---

9 參林鈴〈經濟學家趙元浩與韶關市商會〉《韶關文史資料》第九輯（中國人民政治協商會議廣東省韶關市委員會文史委員會編印，1987年3月30日）頁142。
抗戰時期，韶關人口是否曾經由六萬多人猛增至二、三十萬人，很難稽考，韶關、曲江的文史資料一般用此數字。香港中文大學地理系陳正祥教授《廣東地誌》（香港：天地圖書有限公司，1978年5月）頁142：「1939年廣東省政府為避敵遷此（筆者按，指韶關），人口由五萬多人突增至十二萬餘。」

10 黃開光〈抗日戰爭時期韶關見聞〉《韶關文史資料》第一、第二輯合訂本（中國人民政治協商會議廣東省韶關市委員會文史委員會編印，1986年1月25日重版）頁112。

11 賴灝〈解放前的韶關市場〉《韶關文史資料》第十二輯（中國人民政治協商會議廣東省韶關市委員會文史委員會編印，1988年8月）頁44。

12 韶關編輯部《韶關年鑑》（韶關編輯部，1986年11月24日）頁64。

13 《韶關年鑑》頁82。

粵語進入韶關的社會群體。自改革開放後，穗港粵語廣播媒體直接打入韶關的每家每戶，香港影片、粵語流行歌曲直接深入韶關當地的社會群體當中。[14]

粵語在乾隆年間已經出現韶城，距離今天將近250年。[15]下文從北江水系、大庾嶺配套工程的整治，韶域社會經濟形態的轉變，曲江人牢不可破的自然經濟思想三方面作出探討。

---

14 馮國強《韶關市區粵語語音的特點》（上冊）頁114~115。

15 咸豐八年《韶州馬頭碑》：

署曲江縣正堂加十級，紀錄十次張，　為重定章程，出示勒石，以垂永久事：照得案據東關外七街廣府客民逢昌店、和昌店、恆安店、義豐德店、永興隆店、同興生店、萬利和店、怡安店、裕成店、茂興店、聯聚店、廣孚店、大興店、張隱堂呈稱俱等廣店起運貨物，上下馬頭，籮夫腳價自乾隆年間至咸豐五年，迭奉各前憲按照遠近輕重定章程，給示勒石，不得增減在案。惟今湘江門籮夫頭廖石秀等以差務為詞，希圖加增，將其中貨物從前章程未經列入者，致發腳價，間有參差。茲因籮夫等再四央告，用特仰體　憲衷，於循照舊章之中，仍寓優恤小民之意。當經傳集籮夫頭等，當眾妥議，略為加增。由湘江門、子城門至東北關等處，並上下馬頭各項貨物腳價若干，逐一備列。

其餘別項雜貨，或未有列章程者，俱按照每百斤給腳價錢若干，至店中日逐買賣之貨，力能自運及衣箱等件，仍照舊章，店伴自行挑運，籮夫不得攔阻。伏查籮夫腳價，於乾隆年間舊章，每百斤計，一里給錢十文。迨道光年間，逐漸加增，今復酌量遞加，比之舊章，實多數倍。自此次定議之後，永遠遵照，籮夫等無得再行議增，客民等亦不得故□減少。理合粘抄重定章程，聯名叩乞，俯准諭示勒石，曉諭各門籮夫等，遵照奉行。計粘《重定籮夫腳價章程》十紙等□到縣。據此當批：據稟爾等七街廣店，起運貨物，上下馬頭，籮夫腳價，久經議定章程，勒石遵守，自不容該籮夫藉詞索增。茲爾等既經公同查明，其中貨物從前章程多有未列入者，爰是公議，酌量加增，另行釐定章程，洵屬公允。□□如議，永遠遵行，不准該籮夫等再行藉口議增，俟給示曉諭，勒石遵守。粘單附在案。除批揭示外，合行給示，勒石為□。示諭該籮夫及廣府客民人等知悉，爾等各門籮夫，起運上下馬頭貨物，務宜遵照現經公議重定章程，收取腳價，毋得藉口議增；而廣客民等，亦遵行給發腳價，不得故意減少，致滋爭端，各宜凜遵。特示。　計開重定籮夫腳價章程臚列於後。

咸　豐　八　年　十二　月　十六日　　　示

告　　示　　　　　　　　　　　　曉諭

第一節　北江水系、大庾嶺配套工程的整治

為了有效經略嶺南及快捷通過嶺南地交換商品，歷朝政府先後直接或間接對北江水系航道作出配套整治。

東漢（25～220年）先後有衛颯、[16] 鄭宏、[17] 與周憬[18] 整治北江險灘，開鑿新道、嶠道，以便官府公差及商旅往來。這些工程對日後北江能夠成為重要商道有密切影響。

唐（618～907年）宋（960～1279年）時期，廣州已發展為全國最大的海港城市和外貿中心，大量絲綢由此運輸到海外。為了發展航運業，先整治嶺南水道或沿江棧道的工程，但仍未能滿足官府公差、使者、商旅往來需要，唐開元四年（716年），張九齡奏請在大庾嶺隘口較低，坡度較緩的地方開鑿新道。[19]

自從大庾嶺開鑿新道後，北江水道的使用進入新的歷史階段，對嶺南的開發發揮重要作用。另一方面，由於走北江水道者只需要跨過坡度低的山坳口梅嶺路，便可以繼續從水道上路，比取道西江較為快捷，結果，北江水道取代西江出嶺北的主導地位，西江降為次要水道。[20] 北江水道支流中的武水、連江、湞水三者之中，湞水一段又為

16 范曄《後漢書》（臺北市：藝文印書館據清乾隆武英殿刊本景印，民國四十七年）〈循吏列傳・衛颯〉卷一〇六，列傳第六十六，頁2ab。

17 范曄《後漢書》（臺北市：藝文印書館據清乾隆武英殿刊本景印，民國四十七年）卷六十三〈鄭宏列傳〉，列傳第二十三，頁13ab。

18 宋・洪適《隸釋》（同治十年曾國藩署檢洪氏晦木齋集貲摹刻樓松書汪氏本皖南）卷第四，東漢・郭蒼〈桂陽太守周憬功勳銘〉，頁14ab。

19 張九齡《曲江集》（上海市：上海古籍出版社據文淵閣《四庫全書》影印，1992年11月第一版）卷十七〈開鑿大庾嶺路序〉，頁130~131。

20 葉顯恩《廣東航運史（古代部份）》（北京市：人民交通出版社，1989年6月）頁53。

主幹水道。[21] 在北江主航道確立後，促進了廣州舶來品的流通，也加速了粵北的開發，為廣東內河運輸業的發展奠下了深遠的基礎。

大庾嶺開鑿新道後，粵北韶州成為唐後期僅次於廣州的嶺南大郡。唐武宗會昌大中七年（公元853年），許渾監察御史一職秩滿，[22] 東歸故里京口。是次東歸由廣州出發，[23] 抵韶州後曾寫下一首〈韶州驛樓宴罷〉七律詩，當中一句為「簷外千帆背夕照」，[24]「千帆」雖然是誇張之詞，但也可以見到開鑿新道後，引發北江出現異常繁忙的運輸景象。

宋代的韶州依然是嶺南大郡。[25] 宋人認識到北江沿路及大庾嶺道有重大的經濟價值，宋真宗（998～1022年）與仁宗（1023～1063年）在位年間，便先後進行整治北江的配套工程。

---

21 葉顯恩《廣東航運史（古代部份）》頁52~53。

22 宋・計有功（約1211～1261年）《唐詩紀事》（四部叢刊據上海涵芬樓景印明嘉靖間錢塘洪氏刊本原書）卷五十六頁15a：「大中三年（公元849年），任監察禦史，以疾乞東歸。」

宋・王欽若等撰《冊府元歸》（臺北市：中華書局據明刻初印本影印，中華民國六十一年十一月臺二版）卷六二九銓選部頁17a：「凡居官以年為考，六品以下，四考為滿。」

後晉・劉昫《舊唐書・職官志》卷四十四，志第二十四，職官三，頁二下載：「監察御史十員，正八品上。監察掌分察巡按郡縣。」

由此知道許渾在大中七年（公元853年）因監察禦史一職秩滿而東歸故里京口。

23 從許渾所寫〈南海府罷歸京口經大庾嶺贈張明府〉一詩，可以知道是次東歸是由廣州出發。

見清・曹寅等奉敕編《全唐詩》〈揚州書局原刊本，康熙四十六年〉卷十一，許渾七，頁4b。

24 《全唐詩》卷十一，許渾八，頁3b。

25 清・董誥等奉敕編校《全唐文》（內府原刊本，嘉慶十九年）卷六百八十六，皇甫湜〈朝陽樓記〉，頁四下：「嶺南屬州以百數，韶州為大。」

余靖《武溪集》（《廣東叢書》，廣州市：粵東編譯公司據常熟瞿氏藏明成化本影印附排印，民國二十年）卷十五〈韶州新修望京樓記〉，頁七上：「廣之旁郡一十五，韶最大。」

宋真宗咸平（998～1002年）末、景德（1004～1007年）初，由於原有「廣、英路自吉河趨板步二百里」的陸道，「當盛夏時瘴起，行旅死者十八九」，廣州知州凌策奏請「由英州大源洞伐山開道，直抵曲江」。開鑿新路後，「人以為便」。[26] 仁宗嘉祐五年（1060年），廣東轉運史榮諲為英德湞陽峽開鑿新棧道，廣韶間的交通運輸一再改善，[27] 運輸力比較以前增加了「數十百倍」。[28]

自此以後，歷朝地方官都在大庾嶺道上進行種植松梅來鞏固路段，以便商旅利用湞江、北江往返南北。

張九齡開鑿大庾嶺路後，商旅走湞水為主，進入湖南的貨物，還有不少行走武江瀧水一段。明萬曆四十八年（1620年），知府吳運昌復開瀧路，以利船隻安全通行。[29] 這次復開瀧路，距離東漢建武二年桂陽郡太守衛颯鑿山通道五百餘里前後將近1600年。清嘉慶二十三年（1818年），樂昌縣舉人鄧蔚錦[30]〈新開崎門瀧涯路碑〉一文指出李超儒赴昌（樂昌）至此武江瀧水，目擊心惻，決定以闢險就平為己任，慷慨捐輸約二千金，命匠自穿峰坳過九峰水口至崎門十餘里，一路上進行砌石，把險阻傾仄缺陷移除，[31] 武水險道由是改善，並幫助北江的運輸量作出整體提升。

大庾嶺經過多次修治，為北江水運體系加強運輸南北商貨的能

---

26 元·脫脫《宋史》（臺北市：藝文印書館據清乾隆武英殿刊本景印，民國四十七年）卷三百七，列傳第六十六〈凌策列傳〉，頁12b。

27 《宋史》卷三百三十三，列傳第九十二〈榮諲列傳〉，頁12b。

28 清嘉慶·阮元《廣東通志》（上海市：上海商務印書館，中華民國二十三年九月，據同治三年重刊本影印）卷二百六，〈金石略〉八，宋·張俞〈廣東路新開峽山棧路記〉，頁3711。

29 清同治·徐寶符等纂《樂昌縣志·山川志》（臺北市：成文出版社據同治十年刊本影印，民國五十五年十）卷三，頁8b。

30 同治《樂昌縣志·選舉志》卷八，頁16b。

31 同治《樂昌縣志·藝文志》卷十一，頁89ab~90a。

力。北江水道的充分改善，對明清年間發展成為手工業城市的佛山，對珠江三角洲城鄉商品經濟發展及商人的貿易活動，均提供了有利條件。在廣州、佛山及珠江三角洲的城鄉工商業進一步發展刺激下，帶動曲江在清朝的乾、嘉、道年間（1736～1850年）也起步發展手工業和經濟作物的種植，粵語於是透過珠江三角洲商人沿北江水道到曲江設鋪經營而逐漸滲入韶州府城商業活動區。

第二節　韶城社會經濟形態的轉變

珠江三角洲經過宋、元政府不斷新修堤圍，擴大耕地面積，實行深耕細作，到了16世紀前半葉，南海的一些高產田年產已達十石，[32] 廣東進入初步的開發期。[33] 到了明代（1368～1644年）中葉，珠江三角洲改變了自給自足的自然經濟，農業逐漸趨向商品化。[34]

明清時期廣州、佛山兩大城市工商業的發展和流動人口的增長，促成鄰近城鎮出現為非農業人口服務的專業化農業區域。一些城鎮出現專業性的蔬菜生產區、專業養魚、蠶、桑的農業區域、栽種果木的專業區域，以及種香、葵、蔗、桑、水草等經濟作物的農業區域。商品性農業的發展，促使加工業從家庭中分出去，農業便先後分出手工業部門、包裝、運輸行業。[35]

在佛山手工業的發展下，珠江三角洲鄉鎮所生產手工業原材料不足以應付佛山生產所需，佛山便從西江、北江及嶺北地區輸入手工業

32 葉顯恩、譚棣華〈明清珠江三角洲農業商業化與墟市的發展〉，《明清廣東社會經濟研究》（廣州市：廣東人民出版社，1987年6月），頁58~59。

33 葉顯恩〈序言〉，《明清廣東社會經濟研究》（廣州市：廣東人民出版社，1987年6月），頁1。

34 葉顯恩、譚棣華〈明清珠江三角洲農業商業化與墟市的發展〉，頁59。

35 葉顯恩、譚棣華〈明清珠江三角洲農業商業化與墟市的發展〉，頁57~66。

原材料，[36] 北江水運於是出現高度繁榮的景象，曲江的自然經濟也由此出現變異。

明嘉靖末年，佛山人霍與瑕在〈上吳自湖翁大司馬〉指出：「兩廣鐵貨所都，七省需焉，每歲浙、直、湖、湘商人腰纏過梅嶺者數十萬，皆置鐵貨而北。」[37] 霍與瑕為嘉靖己未（嘉靖38年，公元1559年）進士，〈上吳自湖翁大司馬〉所指出的現象，必定是指1559年以後的現象。明末清初顧炎武（1613～1682年）《天下郡國利病書》指出：「北貨過南者悉金帛輕細之物；南貨過北者悉皆鹽鐵麤重之類。過南者，月無百馱；過北者，日有數千，過北之貨偏多。」[38] 數十萬不是一個小數目，這裡還沒有包括經由險灘特多的武水進入珠江的商賈船隊。顧炎武所稱輕細之物，是指佛山所需的棉花。乾隆（1736～1795年）年間上海人褚華《木棉譜》敘述「閩粵人於二、三月載糖霜來（筆者按，指來上海）賣，秋則不買布，而止買花以歸。樓船千百，皆裝布囊累累。」[39] 這是廣府商賈通過售出糖霜後，從松江府用船運回棉花，北江因此出現繁忙熱鬧景象。褚華所描述是商人在秋天從北江運回棉花的情況，其他季節則從上海運布回去出售。

大量通過梅嶺下北江抵廣州的貨物還有絲綢、茶葉。乾隆二十二年（1757年）十一月宣佈凡歐美各國「赴浙之船必當嚴行禁絕……此地向非洋船聚集之所，將來止許在廣東收泊交易，不得再赴寧波。如

---

36 汪宗準修、冼寶幹纂《（民國）佛山忠義鄉志》（南京市：江蘇古籍出版社據民國十五年刻本影印）卷六〈實業志〉。

37 陳子龍等編《皇明經世文編》（臺北市：國聯圖書出版有限公司據國立中央圖書館珍藏明崇禎間平露堂刊本影印，民國五十三年）《霍勉齋集》卷之二，頁6a。

38 顧炎武《天下郡國利病書》（光緒己卯蜀南桐華書屋薛氏家塾修補校正足本）卷八十二，〈江西四〉，頁12a~b。

39 褚華《木棉譜》（上海市：商務印書館據藝海珠塵匏集聽彝堂藏版排印，民國二十六年）頁15a。

或再來，必令原船返棹至廣，不准入浙江海口……如此辦理，於粵民生計，並贛、韶等關均有裨益。」[40] 這是針對歐美各國的一口通商政策。一口通商政策除了國防安全的原因外，也是為了獲取更多稅收，於是作出規定，由江浙運往廣東的貨物，必須在江西九江關、廣東韶關納稅，另外須加腳費。反之，外洋進口貨物運到內地，也需要納同樣的費用。這種限制在廣州進行一口貿易的體制，一直延續到清道光二十二年（1842年）不平等的《中英南京條約》前。這段期間，廣州成為歐美貿易的唯一口岸，而北江則成為南北商路的樞紐，中央政策除了規定洋船必須停舶廣州，北上的洋貨必須走北江水路外，還規定「內地各省販賣茶葉、湖絲、綢緞，不准由海載運」到外國。[41] 由於北方各省貨物只能取道粵北以達廣州，北江水系一時進入其商業水運的歷史高峰期。

自乾隆開始，直至嘉慶、道光年間，珠江三角洲受惠於這種獨特政策，經濟由是鼎盛，出現了不少工商業市鎮和嶺南中心市場。同期間，曲江的社會商品性經濟開始起步，這個起步是來自珠江三角洲的成熟經濟發展後，為加強原材料的來源，廣東腹地粵北曲江成為他們重要拓展地區之一，曲江經濟模式因此開始轉型。[42] 曲江經濟轉型，又與當時海運政策有密切關係。

除了鹽、鐵、棉花、布、糖、絲綢、茶葉以外，大量通過北江南運到廣州及佛山的貨物還有米穀。[43] 珠江三角洲缺乏米穀自明末起，

---

40 偽滿洲國務院輯《清高宗實錄》（臺北市：華文書局據臺灣大學圖書館藏輯者影印本印，中華民國五十三年十月）卷五百五十，頁24b~25a。

41 文慶等纂《籌辦夷務始末》（道光朝）（近代中國史料叢刊，臺北縣：文海出版社，民國五十五年十月）第五十六輯，卷六十七，頁44b。

42 陳忠烈〈清代粵北經濟區域的形成與特點〉《廣東社會科學》（廣州市：廣東社會科學編輯部，1988年八月）第三期，頁77~79。

43 陳春聲《市場機制與社會變遷——十八世紀廣東米價分析》（廣州市：中山大學出

「人多務賈與時逐，……農者以拙業，力苦利微，輒棄耒耜而從之。」[44] 由此可見，這是由於當地人多從事經濟作物，疏忽了糧食作物造成的。「廣州望縣，人多務賈，……而天下游食奇民，日以輻輳，……增至數千百萬，咸皆以東粵為魚肉，恣其噬吞……而生之者十三，食之者十七，奈之何而穀不仰資於西粵也。」[45] 不單廣西提供米糧給廣東，乾隆二十九年春夏間，「大庾縣因與廣東接壤，該省商民多東販買。」[46] 北江、西江的米糧運輸非常繁忙，廣東巡撫尚安講到乾隆四十年底（1775年）「西、北兩江穀船啣尾而至，民食充裕，糧價有減無增。」[47] 乾隆五十五年（1790年），廣東巡撫孫士毅提到：「四月下旬大雨時行，西、北江潦水驟長，穀船未能連檣而至，又值青黃不接，鄉穀出糶較少，糧價長落不齊。」[48] 這都說明北江水運對保證以廣州、佛山為核心地區的米糧供應有一定作用。另一方面，從「穀船啣尾而至」、「穀船……連檣而至」可以知道在廣東鄰省米糧豐收時，如果江河沒有潦水，北江水道是如何繁忙，穀船隊伍的往來是如何壯觀。單是穀米運輸已是如此繁忙，航道上的五金、木材、農產品、山貨等商貨運輸還未計算在內。

版社，1992年5月）頁八十：「當時廣州居民和流動人口在50~100萬之間。18世紀的佛山雖非政治中心，但作為一個手工業和商業高度發達的城市，當地居民和流動人口也對糧食供應形成很大壓力。」

44 清・屈大均《廣東新語》（臺灣學生書局據清康熙三十九年木天閣刊本景印，中華民國五十七年四月初版）卷十四〈食語・穀〉，頁1b~2a。

45 《廣東新語》卷十四〈食語・穀〉，頁1b~2b。

46 乾隆二十九年五月廿八日江西巡撫輔德奏。見國立故宮博物院編緝《宮中檔乾隆朝奏摺》（臺北市：故宮博物院，1984年版）第二十一輯，頁605~606。

47 檔案：錄副：乾隆四十七年十二月二十日尚安奏。未見原奏折，今轉引《陳春聲《市場機制與社會變遷——十八世紀廣東米價分析》，頁69。

48 檔案：朱批：乾隆二年十一月十二日孫士毅奏。未見原奏折，今轉引陳春聲《市場機制與社會變遷——十八世紀廣東米價分析》頁69。

韶城的東南端為北江，西端為武水，東端為湞水。旱關設在郡城北門，[49]「收取落地稅」。[50] 在武水一端為遇僊橋，明嘉靖二十六年（1547年）始稅商舶，清順治九年（1652年）設稅廠。「遇仙橋，即西關，係湖廣通粵要津。」[51] 清康熙九年（1670年），遷移原設在南雄的太平橋到韶州曲江湘江門外，乾隆三年（1738年），移建九皇宮前。[52] 太平橋在湘江門外里許，即東河浮橋。[53]「太平橋，即東關，係江西入粵要津。」[54] 這三條橋徵收銅價、貨稅、鹽引、鹽稅、鹽包等商稅，湖絲稅銀則由廣州江海關代為徵收。[55] 太平橋又徵收出關的檀香、鉛、錫等貨物的稅餉。[56] 咸豐十一年（1861年），曲江白土鎮設立分關，嚴查私鹽。白土設立了稅關後，[57] 出現了九個由大石塊砌成的階梯碼頭。這九個碼頭分別是雙鐘廟碼頭、下鄉碼頭、李屋碼頭、公昌碼頭、恆昌大碼頭、關帝樓大碼頭、流水坑大碼頭、上碼

49 同治《韶州府志》卷二十二〈經政略〉頁1a。

50 同治《韶州府志》卷二十二〈經政略〉頁3b〈同治五年巡撫蔣益澧奏案〉:「旱關一處，收取落地稅。」

51 同治《韶州府志》卷二十二〈經政略〉頁1a:「征稅分設三處，一名太平橋，即東關，係江西入粵要津；一名遇仙橋，即西關，係湖廣通粵要津。」

52 同治《韶州府志》卷十四〈輿地略〉，馬元〈重修大石橋路徑銘〉，頁9ab。

53 光緒《曲江縣志》卷七〈輿地書五·橋〉，頁12b。

54 同治《韶州府志》卷二十二〈經政略〉頁1a。

55 同治《韶州府志》卷二十二〈經政略〉頁1b~2a。

56 軍機處錄付奏折，關稅類，乾隆二十四年李侍堯折。兩廣總督李侍堯說:「緣太平關口岸，一出南雄，一通湖廣，進關貨物以浙茶湖絲為重，而出關貨物，以檀香、鉛、錫等項為多，而進出之貨總與洋船交易，故每年稅餉之盈縮全視洋船到廣之多寡。」未見本折，今轉引劉志偉、戴和〈明清時期廣東士宦開海思想的歷史發展〉《學術研究》(廣州市：廣東人民出版社，1986年) 第三期，頁75。

57 同治《韶州府志·武備略·兵事》卷二十四〈韶州府守城紀略〉，頁46a:「(咸豐四年) 五月，吳昌壽來知府事，旋駐軍英德，時紅賊煽亂省佛郡境匪同蠢動，始聚仁化、江口，轉聚龍歸墟，開賭場，設白土水口私稅廠，氣燄甚盛。提督崑發兵毀其廠。」由此可知白土為何要在咸豐十一年設立稅廠。

頭、中鄉碼頭，今天依然存在。

韶城東關碼頭的建立數目及規模，應該不在白土之下。韶城的碼頭，分佈在北門、南門和東門。當中部分還是頗具規模的「大碼頭」，位於東關一帶。[58] 東關一帶還有一些規模較細小的古碼頭，位於太平關稅廠前附近。[59]

遷太平橋到韶城後三年，即康熙十二年（1673年），韶城迅速出現一個「煙火千家」的小市區。[60] 府城一向為消費地，軍政人員及其家眷在此聚居，商賈也在這些政治中心區域設店經營。「煙火千家」當中，商民集居數目應該不少。

乳源是韶州府中較為落後的地方，直至今天還是貧困縣。康熙二年（1663年）《乳源縣志》指出當時乳源縣西一百五十里的管埠市「異省商民集居，五百餘家，水陸通郴、桂各處……商多粵西人」。[61] 韶城設有三個稅關，其城外商戶怎會比乳源為少！至於韶城得以發展後，東河一帶也因太平關稅廠在東河一端，在道光八年，東河一帶發

---

58 同治《韶州府志》〈武備書・兵事〉卷二十四頁47b：「北門墟坪，南門沙洲尾，東關大馬頭。」

《韶州馬頭碑》：「由湘江門、子城門至東北關等處，並上下馬頭各項貨物腳價若干，逐一備列……俯准諭示勒石，曉諭各門籮夫等，遵照奉行……示諭該籮夫及廣府客民人等知悉，爾等各門籮夫，起運上下馬頭貨物，務宜遵照現經公議重定章程，收取腳價，毋得藉口議增。」

59 光緒《曲江縣志》卷六〈輿地書四・廟〉頁18b：「忠惠廟即太傅廟，在太平關稅廠前，俗名津頭廟」。津頭，就是津渡，即是碼頭。

60 清・林述訓等纂《韶州府志》卷十四〈輿地略〉，馬元〈重修大石橋路徑銘〉頁10a。

同治《韶州府志》卷二十九〈宦績錄〉頁6b：「馬元……累官湖廣按察使。康熙九年（1670年），遷守韶州。」

又卷五〈職官表・文職〉頁六下指出康熙九年馬元為韶州府知府。

61 裘秉鈁纂修《乳源縣志》（康熙二年，廣東省中山圖書館傳抄本）卷四〈街市〉頁5a。

展成「人煙繁雜」的地方。[62] 那時候，韶城大概已經發展成萬戶的城鎮，[63] 城內再無地方容納更多人口，城市人口便擴散到東河一帶。

簡單而言，稅關的遷移，促使曲江韶城因地利因素，貨物運輸業特別發達。獨口通商特殊政策，直接促使珠江三角洲經濟鼎盛，韶城經濟因珠江三角洲的成熟經濟向腹地拓展而得到間接受惠。

北江水道的傳統運輸結構簡單，不外是運輸兵防的軍旅輜重、驛道傳郵、官差、使者、鹽鐵榷利和供應統治階層的消費奢侈品，商品運輸在整體運輸結構所佔的比例較少。到了乾、嘉、道年間，一口通商特殊政策與珠江三角洲的起飛經濟配合，北江水道便發揮商品營運的功能。大時代下，韶城的經濟特點是充分發揮其水路交通要津的地理優勢，再配合南雄太平關遷移到韶州的政策，運輸業明顯益加發達，充分達到《清高宗實錄》所云：「於粵民生計，並贛、韶等關，均有裨益。」由於設立了稅關，方便檢查及上落貨物，這裡有許多碼頭及大碼頭，而東關外的碼頭更具特點。當年韶州府城東關外是廣府

---

62 光緒《曲江縣志》卷五〈輿地書三・城池〉頁5b。

63 光緒《曲江縣志》卷四（輿地書二・山）頁7b：「清人陸世楷詩：雙川縈玉帶，萬戶壓金隄。」

陸世楷未見於康熙秦熙祚《曲江縣志》，或許是光緒年間人。光緒年間韶城有萬戶是可信的。

利瑪竇、金尼閣著，何高濟等譯《利瑪竇中國札記》（北京市：中華書局，1983年3月第一版，1997年4月北京第三次印刷）頁236~240：「1589年，利瑪竇於聖母升天節（筆者按，即8月15日）離開肇慶……赴韶州城……韶州城坐落在兩條通航的河流之間，兩河即在此處匯合……鎮上大約有五千戶人家。」而康熙《曲江縣志》卷之四頁78a：「（符錫詩）筆峰孤起鳳來亭，蓬島遙傳浪得名，碧嶂遠開千里目，寒江中抱萬家城。」明符錫纂《韶州府志》成書於嘉靖21年（1541年），利瑪竇到韶關為1589年8月15日，比符錫描寫韶州「寒江中抱萬家城」要後四十多年，韶城人口不會急降一半，足見符錫所言「萬家城」是誇張之詞。康熙九年（1670年）馬元〈重修大石橋路徑銘〉稱韶城「煙火千家」，看來利瑪竇、馬元所言較接近事實。

人集中經商和居住的地方，今天韶關城區湞江西岸（向湞江水邊，今東堤北路）一帶是繁華的商業區，這些沿江的店鋪，最下一層可以通往湞江碼頭，停泊貨船，載卸商品。中間一層是貨倉，可以容納大批貨物，最上一層與街道平行，接待客商。[64] 清咸豐五年（1855年），韶州府城東關外七街，單是經營起運碼頭貨物的廣店，最少還有14家，[65] 這是珠江三角洲成熟經濟向腹地拓展最為清晰的顯示。

由此看來，廣府人進入韶城經營的時間，可能始於康熙九年（1670年）自南雄遷太平關至韶城湘江門外，遲則在乾隆年間。咸豐八年（1858年）《韶州碼頭碑》中顯示籮夫腳價自乾隆年間曾經與廣府人開設的運輸行有一次腳價的協議，這說明乾隆年間廣府人已經在韶城進行設店經營。若果從康熙九年算起，韶城白話已經出現接近330年。嚴格根據文獻碑刻材料計算，應該從乾隆年間算起，韶城白話在250年前左右已經出現。[66]

北江水道功能的變異，的確給歷來重農輕商的曲江一個變異機會。但歷來重農輕商的曲江人並沒有把握商機，結果給外地商人一個發展機會。曲江的經濟改變，最為觸目發展是韶城所在的中州半島，尤其臨近湞水的府城東關外七街一帶，舖戶最少有一百五十間。[67]

---

64 李國偉《韶關鄉土歷史》（韶關第一中學史地科，缺出版日期，1988年8月在韶關博物館購買）頁47~48。

這些舊房子今天還有不少依然存在，住在這些房子的卻不是當年廣店後人。

65 咸豐八年《韶州馬頭碑》。

66 謝昌壽〈旅居韶關外地人的職業情況〉《韶關文史資料》（中國人民政治協商會議廣東省韶關市委員會文史編委會編印，1988年8月）第十二輯，頁113：「在外地人中，人數最多的要數來自珠江三角洲到一帶的番禺、南海、中山、順德、東莞等地，韶關本城人一貫稱他們為廣府人。這些廣府人遷來韶關定居，可追溯到明朝和清朝。」謝先生並無說明史料出處，筆者不知道他是根據甚麼材料說廣府人在明朝已經遷來韶關定居。

67 康熙秦熙祚《曲江縣志》卷之三頁92a：「當時所為市肆百五十……舟車輻輳、腫這段街道，不是經營運輸百貨，就是從事「營造制器」的手工業，這些營造制器者及商邑，是從外地遷居來的「客戶」。[68] 1849年，雲南人陳徽言因為兄長在廣東寶安逝世，到廣東奔喪，路過韶州曲江，發現當時「(曲江) 城中居肆者強半廣州人。」[69] 粵方言便是通過珠江三角洲商人到韶城進一步開拓其事業之際，伴隨商人進入這個中州半島的。

第三節　曲江人牢不可破的自然經濟思想

康熙九年南雄太平橋遷移到韶州城湘江門外，乾隆二十二年指定廣州為一口通商的貿易窗口，曲江得著這個契機，經濟起了變異。

《曲江鄉土志》綜述了光緒二十八年以前的曲江經濟，清楚顯示曲江已經出現一點兒商品經濟活動，祇是工業與農業大半還未分開，只有榨油業出現部份工業者與農業者分離的情況，韶城商人會前來採買花生榨油。[70] 從表三中，可以看見自乾、嘉、道以來，曲江一些小

接肩摩，攘攘熙熙，林林總總。」

同治《韶州府志・武備書・兵事》卷二十四〈韶州府守城紀略〉頁46b:「(咸豐四年六月) 東關子城門外火延燒舖戶百餘間，竟夜乃熄。」

68 清張希京修《曲江縣志》(據清光緒元年刊本影印，臺北市：成文出版社，民國五十六年十二月臺一版) 卷三頁7a〈輿地書・風俗〉云:「工少奇巧，居肆之家，多非土著，凡營造制器，悉資外匠，邑人即學一技，亦近樸拙。商邑當四達，百貨雲集，營利居奇，多係客戶，至鄉里儉約，逐末者少。舊志云：市井貿易，日用飲食之外，珍奇之貨不售焉，故負販謀生，鮮有巨賈。」

69 陳徽言撰、譚赤子校點《南越游記》(廣州市：廣東高等教育出版社據中山圖書館藏咸豐七年[1857年]章門重刊本，1990年) 卷一〈山水、古跡、異聞〉頁158。

此書著於道光庚戌年 (1850年)。校點者譚赤子在此書頁153〈校點說明〉交代「陳徽言在江西東鄉因抗拒太平軍而身亡，時年尚未足三十歲。」此書與張渠《粵東見聞錄》合刊。

70 《曲江鄉土志・物產門》:「落花生……邑內繁殖……商人採買榨油……出產以西

片地方出現為非農業人口服務的小型專業化農業區域，種植以落花生、油菜、蔗、香菇、草菇、紅瓜子為主。總的來看，曲江經濟作物的種植還是不普及。不過，由於部分土地已作他用，出現多餘人手，部分農民便從事一些手工業或任職運輸腳夫。

表四顯示曲江經濟命脈主要是運輸業、典當業。運輸業基本上由廣府人完全操縱，主要從事南貨北上分流的運輸，也從事收購曲江的菇類、油類、碳、紅瓜子、生麩、菜麩、樟木、雜柴、銻礦，然後運往省佛一帶。鹽不是一般商人可以沾手的行業。[71] 表四的鹽商，大概是在本地分銷鹽的商人，鹽埠商是把經由韶城的鹽分包轉運到各地的鹽商。那個年代，當商是起著金融機構的作用，又兼做存款放款的業務，可以簽發銀錢票據。有清一代，皆「以鹽、當、票號為最大」。[72] 若果把曲江跟珠江三角洲地區、韓江三角洲地區作比較，曲江的經濟作物種植情況還不普遍，商品貨幣關係對農村基層社會的影響不如東莞、新會、番禺、南海、三水、廣州、佛山順德等地區深入。[73]

表三顯示本地生產的物產以自用為主，可以運出曲江本境外銷的只有生油、菜油、生麩、菜麩、黃糖、草紙、堅炭、香粉、草菇、香菇、紅瓜子、樟木、雜柴、銻礦、藥材、茶油一類的商品。從外地輸入的也不是珍貴之物，基本上是日常生活所需的商品及部分韶城官商要人所用的洋貨、洋紗、綢緞等。

水為多。」頁63。

71 龔紅月〈清代前中期廣東榷鹽的兩個問題〉，《明清廣東社會經濟研究》（廣州市：廣東人民出版社，1987年6月）頁319。

72 光緒二十年九月初一日《山東巡撫李秉衡折》。未見原折，今據宋秀元〈從檔案史料的記載看清代典當業〉《故宮博物院院刊》（北京市：紫禁城出版社，1985年）第2期，頁30。

73 陳春聲《市場機制與社會變遷——十八世紀廣東米價分析》（廣州市：中山大學出版社，1992年5月）頁57~58。

簡言之，曲江最大的發展是運輸業、典當業。工業方面衹有採煤、榨油（生油、菜油、茶油）、製紙（草紙、重桶紙）、製糖、輾米、製碳、磨粉、竹器工藝等手工業。明嘉靖《韶州府志》稱曲江：「土俗重耕稼，少商賈，習尚簡朴，不事紛華，山谷之民至今有老死不見官府者。」[74] 清康熙《曲江縣志》引《圖經》指出：「〈曲江〉其習樸而不襆，淳而不漓。」又云：「商不富，賈不巨，工不良，技不巧。」同卷又指出：「曲江路當孔道，土瘠民貧，地無高山大川可產貨物，民自耕種而外，亦無他營。前志所稱農不勤，商不富，工不良，技不巧，誠實錄也。」[75] 同治《韶州府志》重引《圖經》云：「（曲江）商不富，賈不巨，工不良，技不巧」。[76] 光緒《曲江縣志》稱曲江人「營生越思者寡。」[77] 宣統《曲江鄉土志》描述「曲江人不善經商，市面皆為廣州人所把持。居肆之家，多非土著」，更直接了當表示曲江人「營造制器，悉資外匠，故雖謂全邑皆農業家可也。」[78] 這反映自康熙九年遷橋後，除了韶城或周邊埧地外，曲江人改變其自然經濟思想者可說不多，這表明曲江人的自然經濟思想牢不可破。

韶城的運輸業、手工業經濟皆落在外人手上。這些外人就是從珠

---

74 明嘉靖・符錫等纂《韶州府志》（新亞研究所圖書館館藏縮微膠片，國立北平圖書館據明嘉靖間刻本影印）卷之一，〈風俗〉，頁8b。

75 清・秦熙祚纂修《曲江縣志》〔康熙二十六年（1687年）抄本〕卷之一〈分土第一〉，頁19b~20a，又頁27b。

76 同治《韶州府志》卷十一〈風俗〉，頁22b。「商不富，賈不巨，工不良，技不巧」一語乃轉引宋楊祐《圖經》（《韶州圖經》已佚，《韶州圖經》早於宋趙伯謙所纂《韶州新圖經》。趙伯謙，紹熙中知軍州事）。

77 光緒《曲江縣志》卷三〈輿地書・形勢氣候〉頁6b。

78 清宣統年間呂甫庚、梁朝俊等纂修《曲江鄉土志》（廣東省曲江縣地方志編纂委員會辦公室，1987年十二月），頁141。
《曲江鄉土志》僅於中國科學院圖書館存有抄本，鄉土志敘事至光緒二十八年（1902年），今重印本按原書直行排列鉛印，並加校點。

江三角洲遷來的廣府人，白話也就由於曲江經濟發展而出現於韶城了。

第四節　小結

粵方言是通過珠江三角洲商人到韶城進一步開拓其事業之際，伴隨商人進入這個中州半島的。乾隆年間，韶關粵語就在曲江韶城東關外七街形成，日後粵語也由此商業區街道向外擴散出去。

表三　曲江縣城（韶城）物產銷售情況

物產	產地	本銷	外銷	轉銷
生油	本境。繁殖田家。(1)		省佛等處	
菜油	本境。出產以西水壩為多。(2)		省佛	
茶油	本境。[79] 出產則以屬山之處為多。(3)		珠江三角洲	
生麩	本境		本省	
菜麩	本境		本省	
黃糖	本境(4)		江西、湖南	
草紙	本境		本省	
堅炭	本境。山區。(5)		省佛、南順、江門	
草菇	本境。馬壩、沙溪、狗耳嶺得曹溪水者為佳。(6)		省佛等處	
香菇	本境。產靈溪、黃坑、小坑、楓灣等墟深山之內。(7)		省佛等處	
	本境。出產以南水、白芒最多。(8)		省佛等處	
樟木	本境		省佛等處	
雜柴	本境		省佛等處	
玻璃料(9)	本境		省佛	
銻礦	本境。在南水馬鞍山、曹洞蜜蜂徑亦有。(10)		省城	
香粉(11)	本境	本境	本省	
洋紗	省城輸入			(由水運而去)
藥材	本境、本省	本境	省佛等處	乳源、仁化

79 《珠江三角洲農業志》(初稿)(佛山地區革命委員會《珠江三角洲農業志》編寫組，1976年)，頁65。

物產	產地	本銷	外銷	轉銷
故衣	省城輸入	本境		乳源、仁化
豬	湖南	本境		省城
重桶紙(12)	本境、南雄、仁化	本境		
穀米	本境	本境		
豆	本境	本境		
麥子	本境	本境		
冬筍	本境	本境		
落花生	本境。出產以西水為多。(13)	本境		
李果	本境	本境		
甘蔗	本境。以大橋西水垻、東西兩河垻為多。(14)	本境		
毛竹	本境	本境		
缸瓦	佛山	本境		
磁器	江西	本境		
洋貨	省城輸入	本境		
綢緞	省城輸入	本境		
蔴	江西	本境		
葵扇	新會	本境		
棕屐	連灘（廣東）	本境		
土藥	湖南	本境		
煙葉	南雄	本境		
杉木	本境			
石炭	本境			
竹器	本境			
雞鴨	湖南			
海味	省城輸入			

除「茶油」、「玻璃料」兩條材料根據同治《韶州府志》卷十一〈輿地略・物產〉（頁28b；頁32b）外，全部材料根據《曲江鄉土志・商務門》整理。

(1) 同治《韶州府志》卷十一〈輿地略・物產〉頁38b～39a：「落花生蔓生……繁殖田家，煮食充饑或和鹽水炒為口果，商人採賣為油，亦農之一大利也。」
(2) 《曲江鄉土志・物產門》：「油菜……其子可以榨油……出產以西水墳為多。」見頁68。
(3) 《曲江鄉土志・物產門》：「茶子樹……出產則以屬山之處為多。」見頁55。
(4) 同治《韶州府志》卷十七〈建置略・學田〉頁14a：「糖灣，糖寮上下共地六塊，載種一石五斗。糖寮下地二塊，載種五斗。」
(5) 《曲江鄉土志・物產門》：「堅炭……從前年出千萬有奇，近山廠日少，僅出五六百萬斤。」見頁21。
(6) 《曲江鄉土志・物產門》：「貢菇，俗稱稈菇，又名草菇……惟馬墳、沙溪、狗耳嶺得曹溪水者為佳。」見頁66～67。
(7) 《曲江鄉土志・物產門》：「香菇，產靈溪、黃坑、小坑、楓灣等墟深山之內。」見頁67。
(8) 《曲江鄉土志・物產門》：「紅瓜子……出產以南水、白芒最多。」見頁61。
(9) 同治《韶州府志》卷十一〈輿地略・物產〉，頁32b。
(10) 《曲江鄉土志・物產門》：「在南水馬鞍山……曹洞蜜蜂徑亦有。」見頁101。
(11) 《曲江鄉土志・物產門》：「貢菇，俗稱稈菇，又名草菇……惟馬墳、沙溪、狗耳嶺得曹溪水者為佳。」見頁66～67。
(12) 重桶紙是上等書寫紙。見莫古黎（F.A.Maclure）著，黃永安譯〈廣東的土紙業〉，《嶺南學報》（1929年12月）第一卷第一期頁46。
(13) 《曲江鄉土志・物產門》：「商人採買榨油……出產以西水為多。」見頁63。
(14) 同治《韶州府志》卷十一〈輿地略・物產〉，頁38a：「蔗……取汁熬糖。」《曲江鄉土志・物產門》：「茅蔗可取汁熬糖，以大橋西水墳、東西兩河墳為多。」見頁63。

表四　曲江城關行業類別

主要據清同治十三年林述訓等纂《韶州府志》及咸豐八年《韶州碼頭碑》有關曲江縣城的行業材料分類如下：

<table>
<tr><th colspan="2">行業</th><th colspan="2">位置</th><th>《韶州府志》</th><th>卷，頁</th></tr>
<tr><td colspan="2" rowspan="3">煤商</td><td colspan="2">西水 (陳慶萬)</td><td>建置略・書院</td><td>十八，七下</td></tr>
<tr><td colspan="2">東水 (王駿發)</td><td>經政略・田賦</td><td>二十一，九下</td></tr>
<tr><td colspan="2">南水</td><td>經政略・田賦</td><td>二十一，十二上</td></tr>
<tr><td rowspan="10">押商 (1)</td><td>開源押</td><td rowspan="6">城內</td><td>溫開源(十八・八上)</td><td rowspan="6">經政略・賓興經費</td><td rowspan="6">二十三，十一上至十二上</td></tr>
<tr><td>元豐押</td><td>曾元豐(十八・八上)</td></tr>
<tr><td>永興押</td><td rowspan="4"></td></tr>
<tr><td>同盛押</td></tr>
<tr><td>韶泰押</td></tr>
<tr><td>裕成押</td></tr>
<tr><td>大生押</td><td rowspan="2">城外</td><td></td><td>經政略・賓興經費</td><td>二十三，十二上</td></tr>
<tr><td>太和押</td><td>東關</td><td>武備略・兵事</td><td>廿四，四十七下</td></tr>
<tr><td>福安押</td><td rowspan="2">城內?
城外?</td><td></td><td>經政略・積儲</td><td>二十二，十二上</td></tr>
<tr><td>□□押
(新押)</td><td>建於咸豐十一年</td><td>經政略・賓興經費</td><td>二十三，十二上</td></tr>
<tr><td colspan="2">銀號 (於同治初歇業)</td><td colspan="2">太平關</td><td>經政略・積儲</td><td>二十二，十一下</td></tr>
<tr><td colspan="2">穀、米、油、豆貨店</td><td colspan="2">城外 (2)</td><td>武備略・兵事</td><td>廿四，四十六下</td></tr>
<tr><td colspan="2">油號</td><td colspan="2">城外東關</td><td>武備略・兵事</td><td>廿四，五十六下</td></tr>
<tr><td colspan="2">石灰店</td><td colspan="2">北門外地</td><td>武備略・兵事</td><td>廿四，四十七上</td></tr>
<tr><td colspan="2">缸瓦店</td><td colspan="2">南門</td><td>武備略・兵事</td><td>廿四，四十七下</td></tr>
<tr><td colspan="2">餉號(五間)</td><td colspan="2">城內?城外?</td><td>經政略・防韶經費</td><td>廿三，九下</td></tr>
<tr><td colspan="2">鹽商</td><td colspan="2">城內?城外?</td><td>武備略・兵事</td><td>廿四，五十六上</td></tr>
</table>

<table>
<tr><th colspan="2">行業</th><th>位置</th><th>《韶州府志》</th><th>卷，頁</th></tr>
<tr><td colspan="2">鹽埠商</td><td>城內?城外?</td><td>光緒《曲江縣志》
〈食貨書・鹽政〉</td><td>十二，十四下</td></tr>
<tr><td colspan="2">泰新店</td><td>城外</td><td>武備略・兵事</td><td>廿四，四十七下</td></tr>
<tr><td colspan="2">集興店</td><td>城外</td><td>武備略・兵事</td><td>廿四，四十七下</td></tr>
<tr><td colspan="2">市舖六間</td><td>城內 (街民蕭有元等)</td><td>建置略・府學</td><td>十七，十五下</td></tr>
<tr><td colspan="2">舖屋</td><td>南門沙洲尾</td><td>建置略・書院・曲江</td><td>十八，十四上</td></tr>
<tr><td rowspan="14">運輸業</td><td>逢昌店</td><td rowspan="14">城外東關外七街</td><td rowspan="14">《韶州碼頭碑》</td><td rowspan="14"></td></tr>
<tr><td>和昌店</td></tr>
<tr><td>恆安店</td></tr>
<tr><td>義豐德店</td></tr>
<tr><td>永興隆店</td></tr>
<tr><td>同興生店</td></tr>
<tr><td>萬利禾店</td></tr>
<tr><td>怡安店</td></tr>
<tr><td>裕成店</td></tr>
<tr><td>茂興店</td></tr>
<tr><td>聯聚店</td></tr>
<tr><td>廣孚店</td></tr>
<tr><td>大興店</td></tr>
<tr><td>張隱堂</td></tr>
</table>

(1) 同治《韶州府志》卷二十一〈經政略・田賦〉，頁12b〈乾隆四十八年嚴禁府屬六縣私開小押案略〉:「今訪得韶郡六邑城廂內外小押竟有五十餘間。」本文開列的押店，實屬大押。小押店名稱，縣志及府志並沒有交代。

押店商人稱「押商」，見同治《韶州府志》卷二十三（經政略・賓興經費）頁

11a；押店商人又稱「當商」，見同治《韶州府志》卷十八（建置略・書院・曲江）頁8a。

(2) 同治《韶州府志》卷二十四〈武備略・兵事〉，頁56b：咸豐四年到十年期間太平軍曾先後多次圍郡，官府認為「郡城為全屬根基，百貨雲集，宜先曉諭商賈各貨務要搬運入城。」

第三章
曲江縣方言特點概述

第一節　曲江縣的客家話

1997年底，曲江縣約有262,000左右的客家方言人口，約佔全縣人口（1997年曲江人口總數達394,452人[1]）的66%，[2] 其中農村人口

1　據曲江縣統計局統計資料。

2　《曲江縣志・方言概況》（印刷中）稿子全文數據皆稱止於1987年，本文則改為1997年初。筆者知道董先生在1997年初還根據出差平日少接觸的地方所得到新數據而更正鎮政府的報告。
董先生寫1987年，是受制廣東省地方史志編委會辦公室所定下市志、縣志寫作下限年分為1987年。《曲江縣志》第六章是〈方言概況〉，是董坪申主任親自執筆處理。在編撰〈方言概況〉前，要求各鄉鎮幹部下鄉調查所管轄鄉村主要姓氏來源。〈□鎮主要姓氏情況調查〉項目包括姓氏、現有人數、居住村名、何時何地遷來、居住時間。方言人口情況，不少是親自下鄉下村調查出來。有空時，董主任老是反覆核對材料。打從1993年到1996年，董先生花掉大量時間陪同筆者到各鄉鎮調查。地點距離縣城較遠的，我們便在當地住下來。有時候留下兩三天，有時候留下四五天，我們一起生活，一起調查，不是一次半次的，大概有十次左右。
我在記音的時候，他會主動代我聯繫下一個當地適合的合作人。有的時候，他會上街道調查當地鎮居民交談情況，深入了解當地操甚麼方言為主，各方言在當地流行情況，所佔百分比如何。有的時候一起下鄉，他會採訪當地人，要求看看族譜，了解當地人口從何遷來，遷來多久。有的時候，他會記下墓誌。他的嚴緊，他的認真，教人絕對相信他的數據。
本章的方言人口分佈情況，是採用董先生精心調查寫成的材料，並得到先生多番口頭表示可以採用，只要加以說明便可以了。此外，董先生表示不反對筆者把方言人口用1997年的人口數字算出曲江縣不同方言的人口百分比，還表示這樣處理更能精確反映1997年的實況，重要的，我是不用受省政府的鼻子牽引。這是筆者跟《曲江縣志・方言概況》稿子稍有不同之處。《曲江縣志・方言概況》：「曲江縣人將粵方言稱之為白話。農村中的白話人口約60%來自清遠縣，其白話多保留

的客家方言約225,000人左右，城鎮的客家方言人口約37,000人左右。

客家話在曲江縣23個鄉鎮有分佈，其中21個鄉鎮均以客家話為主要方言。梅村鄉卻是以虱婆聲為主要方言，客家話人口佔少數；白土鎮也是以虱婆聲為主要方言，連灘話、白話、客家話均居其次。

據《曲江縣志》主編董坪申先生表示，當地有些材料表示在西晉永嘉年間已有少量中原人經鄱陽水進入曲江，據他的田野調查，問卷調查，還沒有發現這些移民後代還在曲江縣，唐宋時居民的後代也十分罕見。

一般說來，今曲江縣客家話人口（尤其是農村中客家話村民）多與今福建省閩西南地區有淵源關係，大部分客家話村民都稱自己祖先來自福建，能說得較具體一些的則稱來自福建上杭縣瓦子街或福建瓦子街。遷徙年代一般先者始於宋，後者止於清末。有直接從福建遷來者，也有經今江西、湖南兩省或粵東、粵北各縣輾轉遷來。對於一些自稱祖先於清代從粵東、粵北各縣遷來的客家村民，再追究其淵源，仍然會與福建發生淵源關係。

客家人很愛追溯家俗歷史，筆者曾經到過距離馬壩鎮十五公里的蒼村大隊徐屋（接近沙溪鎮），門聯當中一聯依然清楚寫著「渭水家鄉」四字。據當地老人說，他們有一個口傳歷史，「福建瓦子街，渭水家鄉」。曲江客家人跟福建有密切關係，不單出現現代曲江人口中，《曲江鄉土志》也稱：「曲江土著民籍，多來自贛閩。」[3] 這句話有點含糊，清楚一點來說，來自閩地為客家人，來自贛者為虱婆聲人。

清遠白話口音，其次為佛崗、廣寧白話口音。城鎮、廠礦白話人口多從珠江三角洲白話縣份遷來，口音與廣州，佛山的白話接近，與韶關市區的白話完全相同。」筆者所引，是董坪申主任的手稿。

3 〈歷史門〉《曲江鄉土志》頁119。

筆者在曲江縣工作了一段頗長的時間，與當地人頗有接觸，得到的印象也是當地客家人從福建去的佔大部分，也有從廣東的始興和梅縣去的。不單曲江如是，韶關也如是。始興一方面是曲江旁縣，一方面在過去不少人在曲江舊縣城韶關從事商業，韶關曾經有一所墨江會館就是憑證。

一 馬垻鎮鞍山村委會和樂村葉屋客家話[4]

1 聲韻調系統

1.1 聲母 16 個

p	巴半幫北	p‘	盤噴篷別	m	門蚊忙莫				
						f	飛灰煩伐	v	話無往挖
t	到底黨得	t‘	同奪湯透					l	雷難郎洛
ts	將早豬節	ts‘	搶除坐插			s	施鄉蛇殺		
k	家剛貴結	k‘	開跪康確	ŋ	硬惹念鄂	h	恨好何鶴		
ø	爺煙約扼								

聲母說明：

[k k‘ ŋ]接齊齒呼及撮口呼時，有顎化傾向，其實際音值接近舌面中的 [c c‘ ɲ]。例如：己 [ci^{31}] 啟 [c‘i^{31}] 居 [cy^{44}] 驅 [c‘y^{44}] 你

4 這篇音系特點曾經拿來參加第二屆客家方言研討會，是與周日健教授聯名發表。今次論文修正時加回ɔn、uot兩個韻母和例子。
該篇合作撰寫的文章，所言的特點並沒有提及受到白話的影響，只是側重葉屋客話的原來面貌。關於葉屋客家話的陰入的變異，陽聲韻、入聲韻前的主要元音 a 的變異，研討會上所發表的部分，並沒有提及出來。筆者這篇論文，會加插這個部分在表中。

[ɲi^{24}] 女 [ɲy^{31}]。[c　c‘　ɲ] 只是 [k　k‘　ŋ] 的音位變體，於音位系統中兩者並無衝突，所以一律寫成 [k　k‘　ŋ]。

[h] 接齊齒呼時，也有顎化傾向，其實際音值接近舌面中的 [ç]。例如：希 [çi　]。[ç] 實為 [h] 的音位變體，也由於無別的喉擦音和它並立，今一律寫成[h]。

[ŋ] 拼齊齒呼讀成[ɲ]，[ɲ]與[ŋ]母同音位，今一律寫成[ŋ]。

1.2 韻母　50 個

ɿ世婺至	i西濟第	y序煮舉	(e)	(æ)	a 花爬架	(ə)	u菩都古	(o)
					ia 姐爹斜			io 茄瘸
					ua瓜垮寡			
			ei低替細	æi某走口	ai排埋界		ui杯每罪	oi賠妹外
					uai乖怪塊			
					au瓜垮寡			ou波磨草
	iu流秋周				iau腰挑尿		iui 銳蕊	
	in京英秉		en幸森跟		an站減潘	ən參辰銀	un門頓寸	on幹旱按
					ian權沿邊		iun閏均允	
					uan關寬慣			uon官貫換
					aŋ攬簪冷		uŋ東動貢	oŋ當郎倉
					iaŋ儉領請		iuŋ容窮用	ioŋ涼將匠
			et核北黑		at插狹撥	ət濕悉十	ut沒突卒	ot割奪喝
	it襲濕一				iat妾業熱			uot 撮說
					uat括闊刮			
					ak臘摘麥		uk綠足俗	ok莫洛鑿
					iak劇逆壁		iuk熟菊肉	iok掠雀削

韻母說明：

[a]在[ian　iat]韻母裏，前端無輔音聲母時，實際音值是[æ]，前

端有輔音聲母時，實際音值是[ɛ]。e 實際音值是 [ɛ]。o 實際音值是[ɔ]。

1.3 鼻韻 1 個

m̩ 吳吾五午

1.4 聲調 6 個

陰平	44	剛開社有	陽平	24	拳寒鵝扶	上聲	31	古五近共
去聲	53	蓋變抗漢	陰入	1	急即桌接	陽入	5	岳麥雜服

2 語音特點

葉屋客家話跟梅縣客家話[5] 比較，有的相同，有的同中有異，在某些方面還有比較大的差異。

2.1 聲母

2.1.1 古全濁聲母今讀塞音、塞擦音，同梅縣一樣，不論平仄，一般都讀成送氣清音。例如：

5 梅縣客家話材料主要來自北京大學中國語言文學系語言學教研室編《漢語方音字匯》（北京市：文字改革出版社，1989年9月）第二版。

本文梅縣客家話材料參考：

根據筆者1995年7月下旬在梅縣調查的材料。發音人為張梓生，63歲，梅縣三角鎮場林坪人。

三角鎮場林坪距離舊梅縣縣城只有三公里。從梅縣張氏開基祖到發音人共十八世。發音人只會說客家話，中專程度。

Hashimoto,M. 1973 The Hakka Dialect: A Linguistic Study of Its Phonology Syntax and Lexicon.　Cambridge University,1973.

爬	p‘a^{24}	步	p‘u^{31}	扶	p‘u^{24}	婦(兒媳)	p‘u^{44}
駝	t‘ou^{24}	度	t‘u^{31}	殘	ts‘an^{24}	集	ts‘it^{5}
查	ts‘a^{24}	謝	ts‘ia^{31}	狂	k‘oŋ^{24}	陣	ts‘in^{31}

2.1.2 古精知莊章組同梅縣，今都讀成[ts　ts‘　s]。 例如：

焦	tsiau^{44}	鍬	ts‘iau^{44}	消	siau^{44}
張	tsoŋ^{44}	場	ts‘oŋ^{24}	著	ts‘ok^{5}
爪	tsau^{31}	炒	ts‘au^{31}	捎	sau^{44}

2.1.3 古精組與見曉組也跟梅縣一樣分尖團，它們逢細音，精組今讀[ts　ts‘　s]，見溪群今讀[k　k‘]，只是曉匣拼細音不像梅縣那樣全都讀[h]，葉屋只有止蟹二攝三、四等部分字讀[h]（其他都多轉入尖音）。例如：

酒	tsiu^{31}	醬	tsioŋ^{44}	錢	ts‘ian^{24}
九	kiu^{31}	姜	kioŋ^{44}	權	k‘ian^{24}

樵	ts‘iau^{24}	西	si^{44}	書	sy^{44}
僑	k‘iau^{24}	希	hi^{44}	賢	sian^{24}

2.1.4 古非組同梅縣，部分今讀[p　p‘　m]，但管轄的字不完全相同。例如：

糞	pun^{53}	斧	pu^{31}	痱	pui^{53}	孵	p‘u^{31}
縛	pok^{1}	吠	p‘oi^{31}	甫	p‘u^{31}	望	moŋ^{31}

訃	p‘uk^{1}	fuk^{1}	未	mui^{31}	vi^{53}	聞	mun^{24}	vun^{24}	馮	fuŋ^{24}	p‘uŋ^{24}
	(葉屋)	(梅縣)		(葉屋)	(梅縣)		(葉屋)	(梅縣)		(葉屋)	(梅縣)

2.1.5 跟梅縣一樣有[v]聲母，它來自古微匣影云以諸母部分字。例如：

聞　vun^{24}　　禾　vou^{24}　　物　vut^{5}

烏　vu^{44}　　碗　von^{31}　　畏　vui^{53}

往　voŋ^{44}　　圍　vui^{24}　　維　vui^{24}

2.1.6 古泥（娘）來字不像梅縣那樣[n　l]分明，葉屋一般都混為[l]。

奴爐　lu^{24}　　泥黎　lei^{24}　　鬧老　lou^{31}

南蘭　lan^{24}　　農龍　luŋ^{24}　　囊郎　loŋ^{24}

嫩論　lun^{31}　　諾落　lok^{5}　　納臘　lak^{5}

只有極少數的泥（娘）拼細音時同梅縣一樣讀成[ŋ]。例如：

女ŋy^{31}　　尿　ŋiau^{31}　　年　ŋian^{24}

2.1.7 遇合三部分疑母脫落，讀成[ø], 這是梅縣所沒有的現象。例如：

御　y^{31}　　禦y^{31}　　愚y^{24}

娛　y^{24}　　遇y^{31}　　寓y^{31}

2.1.8 古曉匣三四等除止蟹少數讀[h　f]外，其它都讀成[s]。例如：

虛　sy^{44}　　曉　sau^{31}　　朽　siu^{31}

獻　sian^{53}　　穴　siat^{5}　　嫌　sian^{24}

釁　sin^{53}　　訓　sun^{53}　　興(興旺)sin^{44}

2.2 韻母

2.2.1 [u]可作介音，只見於古見溪組部分字，所管轄範圍不如梅縣寬。古宕合一梅縣讀[uoŋ/uok]，葉屋讀[oŋ/ok]；蟹合一梅縣讀[uai]，葉屋讀[ui]，只有蟹假合二，山合一二纔跟梅縣一樣讀作

[ua　uai　uon/uot　uan/uat]。例如：

爪　kua^{44}　　乖　kuai^{44}　　官　kuon^{44}

撮　tsuot^{1}　　寬　k‘uan^{44}　　闊　k‘uat^{1}

2.2.2 梗攝字也有文白異讀，文讀[-n]，白讀[-ŋ]，但這種現象比梅縣少。

靈　lin^{24} / liaŋ^{24}　　頂　tin^{31} / tiaŋ^{31}

命　min^{31} / miaŋ^{31}　　晴　tsin^{44} / tsiaŋ^{44}

2.2.3 有[ʅ]韻母，但管轄的字不如梅縣多。梅縣遇合一精組、遇合三莊組讀[ʅ]，葉屋讀[u]；梅縣蟹開三組讀[ʅ]，葉屋讀[ei]和[ʅ]；只有止開三精知莊章組和梅縣一樣全都讀作[ʅ]。例如：

資　tsʅ^{44}　　紙　tsʅ^{31}　　智　tsʅ^{53}

雌　ts‘ʅ^{44}　　稚　ts‘ʅ^{31}　　翅　ts‘ʅ^{53}

師　sʅ^{44}　　侍　sʅ^{31}　　誓　sʅ^{53}

2.2.4 古效開一和果攝字，梅縣讀成[au]，而葉屋多讀成[ou]。例如：

褒　pou^{44}　　毛　mou^{44}　　刀　tou^{44}

老　lou^{31}　　槽　tsou^{44}　　曹　ts‘ou^{24}

高　kou^{44}　　毫　hou^{24}　　襖　ou^{31}

2.2.5 遇合三除非莊二組外，一般讀成撮口呼[y]，這也是梅縣所沒有的。例如：

呂　ly^{44}　　徐　ts‘y^{24}　　絮　sy^{53}

豬　tsy^{44}　　苧　ts‘y^{44}　　煮　tsy^{31}

取　ts‘y^{31}　　薯　sy^{24}　　樹　sy^{31}

2.2.6 沒有梅縣的 iai 韻。梅縣把蟹開二見系部分字讀成 iai，葉屋客家話則讀成 ai。例如：

	葉屋	梅縣		葉屋	梅縣
皆	kai^{44}	kiai^{44}	階	kai^{44}	kiai^{44}
介	kai^{53}	kiai^{52}	界	kai^{53}	kiai^{52}
芥	kai^{53}	kiai^{52}	疥	kai^{53}	kiai^{52}

2.2.7 有 æi 韻。梅縣流開一字念 ɛu，葉屋念成 æi。

	葉屋	梅縣		葉屋	梅縣
某	mæi^{44}	mɛu^{44}	兜	tæi^{44}	tɛu^{44}
透	t‘æi^{53}	t‘ɛu^{52}	樓	læi^{24}	lɛu^{11}
走	tsæi^{31}	tsɛu^{31}	湊	ts‘æi^{53}	ts‘ɛu^{52}

2.2.8 深臻曾梗四攝開口三等知章組，梅縣多讀[əm/əp]和[ən/ət]，而葉屋只有少數今擦音（船禪書）讀[ən/ət]，其它都讀作[in/it]。例如：

	葉屋	梅縣		葉屋	梅縣
針	tsin^{44}	tsəm^{44}	深	ts‘in^{44}	ts‘əm^{44}
神	sin^{24}	sən^{11}	濕	sət^{1}	səp^{1}
辰	sən^{24}	sən^{11}	適	sət^{1}	sət^{1}

2.2.9 沒有像梅縣那樣的閉口韻尾。

梅縣客話，保留著中古漢語中的鼻音韻尾[-m　-n　-ŋ]和塞音韻尾[-p　-t　-k]，這是客家話保存中古語音特點的一種表現。葉屋客家話閉口韻尾已消失[-m　-p]鼻音韻尾只保留[-n　-ŋ]，塞音韻尾只保留[-t　-k]。大抵上咸開一二等字讀[-n/-t]和[-ŋ/-k]各約佔半數；咸開三四等及深攝字都念成[-n/-t]。

讀[-n/-t]的，例如：

南(咸一) lan^{24}　　插(咸二) $ts‘at^{1}$　　檢(咸三) $kian^{31}$

貼(咸四) $t‘iat^{1}$　　諜(咸四) $t‘iat^{5}$　　十(深三) sit^{5}

讀[-ŋ/-k]的，例如：

淡(咸一) $t‘aŋ^{44}$　　藍(咸一) $laŋ^{24}$　　堪(咸一) $k‘aŋ^{44}$

餡(咸二) $haŋ^{31}$　　檻(咸二) $kaŋ^{44}$　　閘(咸二) $ts‘ak^{5}$

山攝絕大多數仍讀[-n/-t]，唯開口一二等少數字也有讀成[-ŋ/-k]的。例如：

旦　$taŋ^{53}$　　壇　$t‘aŋ^{24}$　　岸　$ŋaŋ^{53}$

紮　$tsak^{1}$　　鍘　$tsak^{1}$　　軋　$tsak^{5}$

一些字有的人讀[-n/-t]，有的人則讀[-ŋ/-k]，甚至同一字同一人，一時讀成[-n/-t]，一時讀成[-ŋ/-k]。山攝這種現象多出現這種情況，如：

蛋	$t‘an^{31}$	葉永當、葉之良	$t‘aŋ^{31}$	葉國堅
檀	$t‘an^{24}$	葉國堅	$t‘aŋ^{24}$	葉永良
壇	$t‘an^{24}$	葉國堅	$t‘aŋ^{24}$	葉永良
岸	$ŋon^{31}$	葉國堅、葉之良	$ŋaŋ^{24}$	葉永當
抹	mat^{1}	葉永當、葉國堅	mak^{1}	葉永良
軋	$tsat^{1}$	葉永良	$tsak^{1}$	葉永當、葉國堅
含	$haŋ^{24}$ / han^{24}	葉永良		
紮	$tsat^{1}$ / $tsak^{1}$	葉永當、葉國堅		

這種現象顯示了山開一二等字也有從[-n/-t]走向[-ŋ/-k]的趨向。另一方面，可以這樣子看，這種[-n/-ŋ]、[-t/-k]自由變讀，正好反映曲江馬垻、韶關市區白話為何山攝字會讀成[-n/-ŋ]、[-t/-k]，正是當地客家話土著把語碼轉換成粵語時，牢牢保留著客家話的尾韻特徵轉移到目的語裡，便形成今天韶關、曲江白話韻尾變異特點。

2.3 聲調

在聲調的發展上，跟梅縣一樣，古部分次濁和少數全濁平聲字，以及部分次濁和全濁上聲字今讀陰平；部分次濁和全濁入聲字今讀陰入。所不同的是梅縣濁去仍讀去聲，而葉屋古濁去歸上聲，部分仍留在去聲。

2.3.1 古濁去歸上聲

次濁歸上，例如：

漫	man^{31}	賣	mai^{31}	未	mui^{31}	望	$mo\eta^{31}$
餓	ηou^{31}	糯	lou^{31}	亂	lon^{31}	浪	$lo\eta^{31}$

全濁歸上，例如：

步	$p‘u^{31}$	敗	$p‘ai^{31}$	大	$t‘ai^{31}$	斷	$t‘on^{31}$
自	$ts‘ɿ^{31}$	賤	$ts‘ian^{31}$	謝	$ts‘ia^{31}$	侍	$sɿ^{31}$

2.3.2 部分古次濁和全濁去聲未變為上聲，仍和清音去聲同調。

次濁仍讀去聲。例子如下：

暮	mu^{53}	慕	mu^{53}	墓	mu^{53}	募	mu^{53}
妹	moi^{53}	戊	vu^{53}	面	$mian^{53}$	霧	mu^{53}

全濁仍讀去聲。例子如下：

潎	pi^{53}	弊	pi^{53}	幣	pi^{53}	佩	$p‘ui^{53}$
暴	$p‘au^{53}$	辦	pan^{53}	隊	tui^{53}	導	$t‘ou^{53}$

二　各鎮客家話概要

曲江各鄉鎮的客家話大致相同，也有差異地方。這部分筆者主要用表綜合反映其小異之處，以收清晰明快之效。表五所排列的差異特點，主要反映在方言接觸下對白話的影響。

表五　曲江各鎮客家話差異特點

方言點		韻調特點														
鎮	村委會及村落	咸攝開口一、二等字(陽聲韻尾及入聲韻尾)			咸攝開口三、四等字及深攝(陽聲韻尾及入聲韻尾)			深攝(陽聲韻及入聲韻韻尾)			山攝開口一、二等少數變讀 6		山攝合口二、三等少數變讀 7		陽聲韻、入聲韻前的 a 出現一種不穩固情況	陰入調值出現一個調位的兩種變體
		-m	-n	-ŋ	-m	-n	-ŋ	-ŋ	-k	-ŋ	-ŋ	-k	-ŋ	-k	a～ɐ 8	1～3
		-p	-t	-k	-p	-t	-k	-p	-t	-k						
馬壩	鞍山村委會和樂村葉屋	(+)	+	+		++	+	+	+	(+)	+	+	+ 9	+	+	+ 10
			+	++		+	(+)			(+)						
	陽崗村委會上何村		+	++		++	+	+	+	(+)	+	+		+		+
		(+)	(+)	+		++	+									
	陽崗村委會坪田村		+	+		+										
			+	+		+										
	新村村委會馬屋		+	+		+			+			+		+		+
			(+)	+		+										
	馬壩村委會石灣下門		+	+		+										+
			+	+		+										
	馬壩村委會矮石		++	+		+		+	+		+	+				
			+	++		+	(+)									
	溪村委會丘屋		++	+		+										

6 筆者調查曲江縣各鎮客家話山攝開口一、二等少數變讀字，陽聲韻字有：「旦壇蛋扮柬揀間眼斑扳板版攀岸」，入聲韻字有「獺達辣瘌擦撒薩八抹札紮察殺軋鍘」。

7 曲江縣各鎮客家話山攝合口二、三等少數變讀字，陽聲韻字有：「晚援」，入聲韻字有「滑猾刮刷髮發」。

8 這是一種無條件的自由變體，不具辨義作用。當客家人作出語言轉移的時候，這種特點便出現在白話裡。

9 葉永良、葉國堅、葉永當先生三人都有這種現象，只是各人表現情況不同。

10 筆者早期調查曲江縣馬壩鎮葉屋另一位合作人葉永良先生。

			+	+		+	(+)									
烏石	烏石村委會林屋		++	+		+			+			+				
			+	+		+	(+)									
	烏石村委會成屋村		+	+		+		+	+		+	+			+	
			+	+		+	(+)									
	展如村委會賴屋		+	+		+									+	
			+	+		+										
犁市	犁市村委會大山口村		+	(+)		+	(+)	+	+		+	+	+	+		
			+	+		+	(+)			(+)						
	下阪村委會坪石村		+	(+)		+		+	+	(+)	+	+	+	+		+
			(+)	+		+	(+)									
	下阪村委會茶山村		+			+			+			+		+		
			+	+		+										
	石下村委會東雷村		+	+		+			+			+		+		
			+	+		+										
白土	油坪村委會塘夫村陳屋		+	+		+		+	+		+	+			+	+
			+	+		+										
楓灣	步村村委會塘角夫		+			+									+	
			+			+										
大橋	水江村委會羅江唐村		++	+		+	(+)									
			+			+										
	古洋村委會垻子村		+			+	(+)			(+)			+	+		
			+	(+)		+	(+)			(+)						
周田	較坑村委會涯婆石村		+	(+)		+		+	+		+	+		+	+	
			+	(+)		+	(+)									
重陽	暖水村委會黃屋		+			+			+			+				
			+	(+)		+										
黃坑	黃坑村委會自然頭村												+			
				+												
龍歸	龍安村委會安村		+			+			+	+		+		+		
			+	+		+										
大坑口	石角村委會老屋村	+	(+)		++	+		+	+		+	+		+		
		+	(+)	(+)	+	(+)										
	石角村委會鄧屋	+	+	(+)	(+)	+	(+)		+			+				
		(+)	(+)	+	+	+										
	新塘村委會廟前村	+	+	(+)	+	+	+		+			+				

羅坑		+	(+)	+	+	+	+									
	羅坑村委會謝屋村	++	+	(+)	+	(+)	(+)								+	
		+	(+)		+	(+)										
白沙	龍皇洞下莊村	+	+	+		+								+	+	+
			(+)	+		+	(+)			+						

註：　~表示自由變讀

(+)　表示祇有微量，數目一般在五個以下。

++　表示比同「咸攝開口一、二等字（陽聲韻韻尾）」大欄區內的 + 較多。例如：

馬埧鎮陽崗上何村

咸攝開口一、二等字 (陽聲韻韻尾)				咸攝開口一、二等字 (入聲韻韻尾)			
-m	-n	-ŋ	-n~-ŋ	-p	-t	-k	-t~-k
0	26	40	2	1	5	23	2
	+	++	(+)	(+)	(+)	++	(+)

【在咸攝開口一、二等字（陽聲韻韻尾）比較項目下，讀 -ŋ 佔40個，比讀 -n 要多，表內便用「++」表示同一方言點，同一欄位，同一比較項目下相對較多而已。】

從表中可見古咸深兩攝的輔音韻尾今音的差異，主要分成兩類，一類是鼻音韻尾祇保留-n -ŋ，塞音韻尾也相應祇保留 -t　-k；一類跟梅縣客家話一樣，-m -n -ŋ 三個鼻音韻尾完全保留，-p　-t　-k 三個塞音韻尾對應保留。

曲江客家話最大特點就是這樣，其它差異不大。-m -n -ŋ -p　-t -k全部保留的方言點，集中在大坑口、羅坑、白沙一帶。白沙鎮[11] 位於在曲江縣的中南部，大坑口位於曲江、翁源、英德的交叉點，羅坑在英德隔壁。

如果單從古咸深兩攝的輔音韻尾今音的差異區別當地的客家話，

11　白沙鄉橫村村委會李屋不是馬埧片的特點。發音人為李達常先生。

大坑口、羅坑、白沙一帶為「大羅片」，其餘的為「馬壩片」。

筆者調查本縣大概三十個客家話方言點，絕大部份聲調調值如上，祇有曲江的烏石鎮展如村委會賴屋、烏石村委會成屋村、林屋三個方言點的陰入調是[24]。例如：

	答	鴿	接
賴屋	tak^{24}	kak^{24}	$tsiat^{24}$
成屋	tak^{24}	kak^{24}	$tsiat^{24}$
林屋	tak^{24}	kak^{24}	$tsiat^{24}$

第二節　曲江虱婆聲概述

虱婆聲在過去視為粵北一種系屬不明的方言土語，學者們有不同的看法：

1　系屬不明說：梁猷剛〈廣東省北部漢語方言的分佈〉[12]認為有待調查。

2　韶州土話說：熊正輝〈廣東方言的分區〉、鄭張尚芳〈廣東省韶州土話簡介〉認為當地的老韶關話是一種土語。[13]

---

12 見梁猷剛〈廣東省北部漢語方言的分佈〉（北京市：中國社會科學出版社，1985年5月24日）第二期，頁90。

13 見熊正輝〈廣東方言的分區〉《方言》（北京市：中國社會科學出版社，1987年8月）第三期；鄭張尚芳〈廣東省韶州土話簡介〉漢語方言學會第四屆學術討論會論文（未刊稿）。

1998年初夏，韶關大學中文系講師莊初昇先生在香港中文大學為訪問學人時，我們曾經討論這種土話的名稱及其歸屬。莊先生表示這種土話不宜稱為韶州土話，由於其分佈地域包括南雄府和連縣府，稱為粵北土話會較為適宜。我認同部分的看法，也認同中國社會科學院語言研究所把這種土話稱為韶州土話。粵北地區以韶州的經濟較佳，以韶州統攝粵北而稱韶州土話未嘗不可。

3　客家話說：李如龍〈聲調對聲韻母的影響〉認為老韶關話是一種客家話。[14] 李教授大概是根據黃家教、崔榮昌〈韶關方言新派老派的主要差異〉老派特點歸納韶關本城話為客家話一種。

4　粵方言說：詹伯慧主編《漢語方言及方言調查》〈附錄〉將黃家教、崔榮昌〈韶關方言新派老派的主要差異〉一文收在「粵方言」小目下。[15]大概是根據黃文新派韶關本城話特點接近白話，便歸納韶關本城話為粵方言的一種。

據曲江土語者的族譜來看，絕大部份稱來自江西。使用此方言的村民則自稱虱婆聲，客家話稱其為虱嫲聲（話），白話人稱其為虱乸聲（話）。

虱婆聲的研究，於80年代中，相對於漢語各方言來說，還處於起步階段，分析其音系的文章不多，最早的一篇是黃家教、崔榮昌〈韶關方言新派老派的主要差異〉。介紹虱婆聲的分佈，最早的一篇文章是梁猷剛〈廣東省北部漢語方言的分佈〉。前者重點在曲江舊縣城韶關，即今天的韶關市區的中洲半島（曲江舊縣城）；後者只是概述粵北虱婆聲的分佈，未能針對曲江的具體分佈情況。曲江縣地方志編纂委員會編《曲江縣志》快將面世，省政府方志辦希望新縣志重點放在經濟、建設發展歷史方面，不鼓勵太詳盡分析地方方言或交代方言分佈概況，主編董先生曾經表示他撰寫〈方言概況〉的部分受到篇幅的限制，因而進行了壓縮。為了讓後人知道這種今天還未為人了解的方

又見莊初昇〈粵北客家方言的分佈和形成〉《韶關大學學報》1999年第一期頁7。

14 見李如龍〈聲調對聲韻母的影響〉《語言教學與研究》北京市：北京語言學院出版社（1990年3月）第一期　。

15 詹伯慧主編《漢語方言及方言調查》（武漢市：湖北教育出版社，1991年8月）頁531。

言分佈情況，筆者認為需要費一些篇幅在此交代。再者，曲江白話、韶關白話無不充滿虱婆聲的殘餘成分，詳盡介紹分佈有絕對的必要。另一方面，曲江白話、虱婆聲的分佈，在曲江縣來說，是少數人說的方言，是以方言島的狀態出現，分佈的陳述，不能像介紹曲江客家話一樣寥寥數語便可以交代清楚。

董坪申先生曾經在重陽鎮水口村委會工作，學會當地的虱婆聲，深知虱婆聲在曲江縣是一種弱勢方言，虱婆聲村民一般都會說客家話，不少人還會說白話，在對外交際中，都是虱婆聲村民主動順應對方，有不少過去說虱婆聲的村莊，在建國後逐漸轉為說客家話或白話。

董先生的描述，是一件真實及普遍的事。筆者曾經調查白沙鎮横村村委會李屋客家話，李屋人稱他們原是操虱婆聲，到清初時，白沙鎮大村李屋當中一房遷到大村四公里外的横村，這房人跟隨當地人操客家話。到了清中葉，居於横村的一房又遷到白土下鄉，又跟隨下鄉虱婆聲人操當地的虱婆聲。[16] 打從筆者早年在韶關及曲江縣進行採訪，當地不少人稱船話不是虱婆聲，發言人都是一些操虱婆聲人，有的沒有甚麼學歷，有的是教育局局長。當然，也有一些人稱是同一種語言，祇是一種變種的虱婆聲。經過調查，曲江縣水上居民通行的「船話」也是虱婆聲，同樣具有曲江虱婆聲中塞變調特點。

以下談談虱婆聲人口分布。[17] 1997年底，全縣有42,000人使用虱婆聲，約佔全縣總人口的10.65%，其中農村人口約38,499人，船民約3,600人。城鎮中虱婆聲人口極少，有的也是近年到縣城發展商業、

16 白沙鄉横村村委會李達常先生提供。李先生表示他個人祇說客家話，祇會說一點簡單虱婆聲作為備用。

17 馮國強、董坪申《韶關市、曲江縣虱婆聲的人口來源和分布》（粵北土話及周邊方言國際研討會，2000年11月6~9日）。

工作，甚至是縣政府幹部。

虱婆聲村莊大都分佈在武江、湞江、北江兩岸地勢平緩的水稻及經濟作物種植區（梅村村委會及龍歸鎮後坪村距離河流稍遠），虱婆聲村民居住相對集中，村莊較大，許多大的村莊更是一個行政村委會。

虱婆聲村莊運用虱婆聲情況可分為三類。

第一類是虱婆聲很穩定保留的村莊，基本上全村或大部人都說虱婆聲，不受或只是受到少許其它方言影響。這些村莊的分佈如下：

(1) 白土鎮三都村委會下三都村，上鄉村委會，中鄉村委會，下鄉村委會，蘇拱村委會；烏泥角村委會銅鼓洲村。

(2) 白沙洲大村村委會；界灘村委會中界灘、東安寨。

(3) 烏石鎮濛浬村委會吳屋、商屋、譚屋、曹屋、侯屋、上黄、上蕭、下蕭村。

(4) 犁市鎮犁市村委會獅塘村；黄竹村委會牛欄前、高夫、新橋、赤岸等村；黄沙村委會劉屋村；內騰村委會；石腳下村委會石腳下村；沙圍村委會；廂廊村委會；下園村委會；黄塘村委會；蓮塘村委會。

(5) 重陽鎮水口村委會；黄岸村委會黄土壇、南岸村；重陽村委會重陽村；九聯村委會大沙洲、陀村；大富前村委會新村、老村、前村。

(6) 龍歸鎮後坪村委會。

(7) 周田鎮上道村委會黄屋（上、下村）；和平村委會和平村（李屋、何屋）；龍坑村委會蛾蚣龍（大羅、細羅）、豬頭皮村；周田村委會風度村。

(8) 樟市鎮流坑村委會新蕭、老蕭、黄屋下鍾、横夫頭、張屋、胡屋、新鄧、中村。

(9) 梅村村委會梅塘村委會水尾、三角、淡岸、田面、大廟、竹兜灣、塘口、九份、新上建、老上建、青石坑、瓦片嶺；溪頭村委會上塘，黃坑、溪頭；大村村委會；大旗嶺村委會；橫村村委會。

(10)黃坑村委會高塘村委會馮屋、劉屋。

第二類是虱婆聲出現變化的村莊，就是歷史上原本用虱婆聲的村莊，建國後發生較大變化，目前青壯年及少年兒童已轉為講客家話或白話，只有50歲以上村民仍講虱婆聲。一般來說，這些村莊實在只有少數幾戶人仍講虱婆聲。這類村莊的分佈如下：

(1) 樟市鎮北約村委會新蕭、細蕭、老蕭、老歐、新歐、黃屋；南約村委會劉屋、上門、下門、新廳、何屋。

(2) 周田鎮較坑村委會新屋、黃土寨；上道村委會歐屋；八村村委會李屋、譚屋、龔屋；月嶺村委會馮屋；平有村委會插莒扶。

(3) 龍歸鎮龍歸村委會車角嶺。

(4) 犁市鎮黃沙村委會侯屋村；石下村委會胡屋村。

(5) 大橋鎮大橋村委會馮屋。

(6) 重陽鎮、青暖村委會暖水村100多年前說虱婆聲，今已無人會講。

第三類為船民。1949年前，曲江縣船民一年四季都在船上勞作和生活。1949年後，船民逐步上岸建房定居。至1997年底，除曲江縣水運公司、曲江縣水產局漁業隊的少量船民仍以船為生產工具，其餘大部分上岸工作的船民已徹底脫離了船。上岸後的船民聚集點有：曲江縣裝卸公司、韶鋼裝卸公司、大坑口裝卸公司、花坪裝卸公司、馬壩裝卸公司、長壩雞場、曲江縣建材廠、小坑水庫、曲仁六礦，還有少數人自謀生路。由於工作和生活環境的改變，船民中說船話的人數逐步減少。一般少年兒童和青壯年已不說船話而改說白話或客家話。1997年，全縣仍說船話的人約3,600人左右。

從來源說，大部份虱婆聲村民都堅稱自己的開基祖來自江西一些水道非常發達的地方，一般還有大碼頭。根據董先生及筆者的調查，從對方說明或族譜證明其祖先的正確原遷地，綜合所得，有如下幾個地方：江西贛州寧都縣樟樹潭村、撫州金溪縣大碼頭村、江西大碼頭豬仔巷、江西大碼頭、江西樟樹、江西南昌府大碼頭、南昌府豐城縣樟樹巷大碼頭[18]、廣信府貴溪縣、貴溪縣大碼頭雞屎巷、吉安縣大碼頭、吉安府吉水縣樟樹鎮穀村[19]。

以下簡單介紹白沙鎮大村虱婆聲的音系，材料撮自莊初昇先生撰寫的《曲江縣志》方言專章的音系部分材料。不過，筆者根據個人調查所得，把莊先生歸納的一些元音音位加以更動。[20]由於改動部分不多，在此不加說明。

一　白沙鎮大村虱婆聲[21]

1　聲韻調系統

---

18 這點是樟市鎮流坑村委會新鄧村發音人所提供，跟董坪申的材料不同。

19 這點是筆者的白沙大村發音人為李衛富所提供。李先生，1930年7月出生，大學程度。其族譜清楚寫出開基祖「太祖宣宜公自宋端平三年由江西吉安府吉水縣樟樹鎮穀村遷居於粵東之韶州曲江縣白沙村開基立業。」這個材料，是董先生所忽略。

20 筆者的白沙大村合作人是李衛富先生，莊初昇的合作人是較李衛富年輕十八歲左右的李壽養先生。

21 白沙大村材料根據將出版的《曲江縣志》。縣志的方言部分，是莊初昇先生調查及執筆撰寫，筆者調查白沙大村所得結果跟莊先生絕大部份一樣，筆者只是初步探討其音系和特點，不及莊先生的全面性（包括語音、語法、詞匯），因此這裡依縣志的材料，只有部分稍作改動，是歸納不同而已。

1.1 聲母 17 個（包括零聲母）

p	霸波飽八	pʻ	爬破辦白	m	馬埋貓蜜	f	火夫飛凡	v	禾胃滑碗
t	多戴刀得	tʻ	駝袋討達	l	糯來老納				
ts	借煮真桌	tsʻ	茶廚炒七			s	鎖西十雙		
k	歌姑街檢	kʻ	具褲跪刻	ŋ	鵝語嚴岸	h	靴許起學	j	雨右鹽陰
ø	啞愛襖暗								

1.2 韻母 28 個

a	來拜鴿八	i	義戲基業	u	火補水割	ɔ	坐錯助薄	o	加代答達	ɵ	靴篩全健	ʅ	紫移接十
ai	塊體走笠					æ	例濟集七	œ	女回炊筆	ei	粒得賊食		
au	寶毛交炒	iau	標苗釣叫	ua		ɐu	木毒六曲						
ia	寫車舌壁					iɔ	劣略爵雀	ie	雞鐮鞭延	iu	流酒久削		
an	賓燈兵蠅	in	林深進娘	un	吞銀本之	ɐu	冬風公龍						
aŋ	感減根彭	iaŋ	井請輕迎	uaŋ	關轟	ɔŋ	幫黨浪方			ɵŋ	貪柑凡單	m	吳五安

1.3 聲調 7 個（不包括兩個變調）

陰平	13	坡批衣高金槍江青	陽平	21	駝犁肥撈苗含房靈
上聲	24	果委襖九膽點反敏			
陰去	44	破大禮意老抱懶抗	陽去	33	餓賀弟第味效近動
陰入	5	答鴨粒一發鐵角錫	陽入	2	臘雜薄舌裂特食六

二　各鎮虱婆聲概要

下文主要根據董坪申《曲江縣志・方言概況》文字敘述材料及筆者調查所得資料，以表列形式展現出來，一方面顯示曲江各虱婆聲方言點的一些特點，另一方面通過移民在江西原居地的方言「相關特點」作對照，以示兩地的相承關係。

表六　曲江各虱婆聲方言點的特點與其開基祖江西原居地方言的一些特點對照

方言		客家話		贛					語			
方言片		寧龍片	于桂片	昌靖片		宜瀏片	吉茶片		懷岳片	鷹戈片	撫廣片	大通片 耒資片
方位		中				部			東	部		東部
		贛水南	贛水南	贛水北		贛水中	贛水中南		北	中	南	北 南
方言特點	陰入高	–		+								
	陽入低	–		+								
	陰入低升											+
	陽入高降											+
	入聲不分陰陽		+	+						+		
	大部分入聲不分陰陽					+						
	無入聲						+					
	入聲帶喉塞音		+	+		+				+		
	去聲分陰陽	+	+	+							+	
	去聲不分陰陽						+			+		
	中塞 例如:/a?a/,/i?i/			+			+			(+)		
參考文獻①		1	2	3,4		4	3			4		
虱婆聲源頭		贛州寧都縣樟樹潭村	于都縣	南昌府大碼頭		南昌府豐城縣樟樹巷大碼頭 ②	吉安縣大碼頭 吉安府吉水縣樟樹鎮穀村			廣信府貴溪縣 貴溪縣大碼頭雞屎巷	撫州金溪縣大碼頭村	
遷來居住地		梅村村委會梅塘村委會水尾村侯姓村民	梅村村委會梅塘村委會侯姓村民	周田鎮周田村委會風度村張姓村民 犁市村委會獅塘村侯姓村民		樟市鎮流坑村委會中村(老)鄧屋、新鄧屋	重陽鎮水口村委會歐屋 白沙鎮大村村委會			白土鎮上鄉村委會上鄉村鍾姓、劉姓村民	梅村村委會梅塘村委會竹兜灣村夏姓村民	
遷來時間		宋初(？)遷來	宋初(？)遷來	明洪武四年(1371年) 獅塘村侯橋順老人從開基祖到他達30世		800年左右(即南宋早年)	清初 南宋端平三年(1236年)			南宋末理宗寶祐二年(1254年)	明初遷到始興，400年前再遷來梅村	
曲江虱婆聲聚落		梅村	梅村	周田	犁市	樟市	重陽	白沙		白土	梅村	
曲江虱婆聲特點	陰入高	+	+	+		+	+	+		+	+	
	陽入低	+	+	+		+	+	+		+	+	
	入聲帶喉塞音	+	+	+	+	+	+	+		+	+	
	去聲分陰陽	+	+	+	+	+	+	+		+	+	
	中塞			+	+ ③		+ ④	+		+		
參考文獻		5	5	5	5	5	5	6		5	5	

①方言特點參考文獻出處：

1. 劉綸鑫〈贛南客家話的語音特點〉《國際客家學研討會論文集》（香港：香港中文大學海外華人研究出版社，1994年）p.555~570。
2. 謝留文〈于都方言語音、語法的幾個特點〉《客家縱橫》（增刊）（閩西客家學研究會，1994年12月）p.128~129。
3. 中國社會科學院和澳大利亞人文科學院合編《中國語言地圖集》（香港：朗文出版社，1988年）B11。
4. 陳昌儀《贛方言概要》（南昌市：江西教育出版社，1991年9月）
5. 梅村鄉梅塘村委會水尾村材料，是筆者調查，發音人為侯細太先生。梁猷剛〈廣東省北部漢語方言的分佈〉的粗略調查結果跟筆者調查完全不同。梁先生調查梅村土話，指出其特點是無入聲，去聲分陰陽。再者，梁教授也沒有交代是調查梅村那個村委會（1998年，國家又改稱為村委會。村委會在文革期間則稱為生產大隊）那個屋。梁文參看p.91;103。

   周田鎮周田村委會風度村材料，是筆者調查，發音人為張宗祥先生。

   犁市鎮獅塘村材料，筆者調查親自調查，發音人為侯橋順先生。

   樟市鎮流坑村委會新鄧村材料，是筆者親自進行調查，發音人為鄧子榮先生。

   重陽鎮街道（船話）材料，是筆者親自進行調查，合作人為黃秋燕小姐。

   白沙大村李屋的材料，是筆者親自進行調查，合作人為李衛富先生，也參考莊初昇先生的寶貴借閱材料。

   白土白土鎮材料，是筆者親自進行調查，發音人為鄧啟光先生。其開基祖來自江西大碼頭，由開基祖到他共23世。

   梅村鄉梅塘村委會竹兜灣村材料，是筆者調查，發音人為夏志鋒先生。
6. 白沙大村材料根據將出版的《曲江縣志》。

②董坪申主編《曲江縣志．方言概況》調查出樟市鎮流坑村委會中村鄧屋（老鄧屋）及新鄧屋的開基祖從「江西樟樹」遷來，這是太含糊。筆者調查樟市鎮流坑村委會中村新鄧屋的虱婆聲，得知其先世本居於湖南花城縣，後來有四兄弟遷離，一個遷到四川，一個遷到福建，一個遷到南昌府豐城縣樟樹巷大碼頭，另一個不知道遷到那兒。甚麼年代從南昌府豐城縣樟樹巷大碼頭遷來曲江縣，鄧氏族譜沒有記載，祇是口頭相傳大概居於曲江樟市已有800年左右。本方言點的發音人為鄧子榮先生。

③侯橋順祇有「布」字出現一個中塞變調，調值為[44]，跟一般虱婆聲有別，日後

有待深入調查。入聲方面，基本上入派三聲，入聲不分陰陽，調值為[2]。不過，有數個字的調值為[5]。獅塘村在鐵路旁，採訪教人費神。侯橋順先生只是協助筆者處理《方言調查字表》前數頁的聲韻調音系基本探索材料。另一位合作人侯玉勤先生，協助片刻鐘便偷走了。這種人在犁市便碰上幾個。慎重起見，筆者不願意隨便填上資料於表裡。筆者日後會再行調查，以求真相。

④黃秋燕祇有「燈」字出現一個中塞變調，日後有待深入調查。

周田、犁市、重陽、白沙、白土五個虱婆聲的方言點都具有的中塞變調特殊現象，今天江西贛語昌靖片、吉茶片、鷹戈片也存在中塞特點。周田、犁市與昌靖片有關，重陽、白沙與吉茶片有關，白土與鷹戈片有關。從曲江各鎮具中塞特點虱婆聲的開基祖原遷地來看，跟江西贛語八片中的三片（昌靖片、吉茶片、鷹戈片）產生關係。從樟市鎮流坑村委會中村新鄧屋的虱婆聲沒有中塞變調，贛語宜瀏片也沒有中塞變調。從曲江縣虱婆聲的中塞變調「有無」看兩種方言的關係，可知道曲江虱婆聲與江西贛語有極為密切的關係。

若果仔細看他們開基祖的原居地，虱婆聲人的祖先主要集中居於贛州中部的贛水兩旁的地方，都是商業繁盛的地方，不單有碼頭，還是大碼頭。究竟韶關、曲江的船話、虱婆聲跟當年贛水上的「贛語」土語船話是否有密切的關係？跟水運發展而產生人民流遷是否有密切的關係？若果沒有關係，為何總是稱其祖先的原居地在碼頭或大碼頭。這個有待日後深入研究。

中塞變調特殊現象，在今天所知的材料中，除了虱婆聲外，就祇有贛語最多中塞調了。[22]那麼，虱婆聲可能就是早期的贛語，或是早

22 陳昌儀《贛方言概要》（南昌市：江西教育出版社，1991年9月）頁15：「贛語吉安縣的文陂、新建縣厚田、余干縣的縣城、古埠、坪上、瑞洪等方言點存在著一種至今未見其他漢語方言披露過的新調型——不連續調型（筆者按語：這是中塞）。」

李如龍〈聲調對聲韻母的影響〉《語言教學與研究》北京市：北京語言學院出版社

期贛語的一種土語，甚至可以這樣說，部分贛語具有中塞變調的特點，可能早在南宋理宗端平年間以前便出現。[23]

曲江虱婆聲跟韶關虱婆聲也有共同特徵，就是濁上變去。變去有兩方面，一種是次濁上變陰去，一種是全濁上變陽去。陰去大部分是高去，陽去是低去。入聲方面也分成陰入和陽入。曲江虱婆聲的陽去和陽入部分呈現不穩固，出現一個調位兩個變體，是一種無條件的自由變體現象。

表七

曲江虱婆聲聚落		重陽船話	周田船話	周田風度村	樟市新鄧屋	白沙大村	白土中鄉	梅村竹兜灣	梅村水尾村
陽去	原調	22	22	22	33	33	33	22	22
	變體	22~33	22~33			33~22	33~22		
陽入	原調	2	2	2	2	2	2	2	2
	變體	2~3	2~3	2~3	2~3	2~3	2~3	2~3	2~3
參考文獻見表六		5	5	5	5	5 24	5	5	5

（1990年3月）第一期。頁94：「另據黃家教先生相告，海南省澄邁閩語也有類似的中塞調。例如：慘 saʔ:am˩，爽 taʔ:aŋ˩，產 saʔ:an˩。」這些人是從何遷來？

筆者也有興趣知道。值得留意的，黃家教是稱『類似』，所舉的『慘、爽、產』三字，表面上看是中塞調，實際是否跟虱婆聲和陳昌儀所描寫江西贛語區的吉安縣的文陂、新建縣厚田、余干縣的縣城、古埠、坪上、瑞洪的中塞一樣，筆者也無法知道。

23 梅村鄉梅塘村委會水尾村侯屋稱其開基祖從宋初（說不清楚是北宋或是南宋）遷來，筆者又沒有親自看過其族譜，故不推論贛語的中塞變調早於北宋便出現。樟市鎮流坑村委會中村的情況類同。

24 這裡用筆者調查材料。白沙大村李屋合作人為李衛富先生。莊初昇白沙大村虱婆聲的聲調調值描寫為3。

白話的全濁去是[22]，由於虱婆聲的陽去調值跟白話基本相同，加上其陽去出現不穩固狀態，陽去調位[22]出現一個調位兩個變體。再者，部分虱婆聲的陽去音位為[33]，當虱婆聲人向白話目的語進行轉移（shift），其母語的頑固特質便會殘餘在白話，形成白話部分字陰去、陽去字不分，兩者的調值出現互相交替，這是方言接觸的結果。

第三節　曲江縣白話概述

〈廣東省北部漢語方言的分佈〉及〈韶關方言概說〉俱稱馬壩鎮、大坑口鎮通行粵語，操粵語共有4萬多人。[25]《粵北十市縣粵方言調查報告》則欠缺交代。《曲江縣志・方言概況》稱全縣操白話人數約3萬人（1997年初），這是較可信的。

曲江縣的白話，主要分佈在縣城馬壩鎮、烏石鎮、大坑口鎮、犁市鎮、白土鎮、（白土鎮）孟洲壩村委會、（白土鎮）烏泥角村委會。曲江縣縣城和廠礦的白話人口，多從珠江三角洲白話縣遷來。白土鎮、孟洲壩村委會、烏泥角村委會及一些農村的白話人主要來自清遠，烏石、大坑口一帶白話人主要來自佛崗、英德。[26]

---

25 梁猷剛〈廣東省北部漢語方言的分佈〉頁91。
余伯禧、林立芳〈韶關方言概況〉《韶關大學韶關師專學報》（廣州市：韶關大學韶關師專學報編輯部出版，1991年）第三期，頁83。

26 這是筆者調查時的看法，跟《曲江縣志・方言概況》稿子稍有不同。《曲江縣志・方言概況》認為：「曲江縣人將粵方言稱之為白話。農村中的白話人口約60%來自清遠，其白話多保留清遠白話口音，其次為佛崗、廣寧白話口音。城鎮、廠礦白話人口多從珠江三角洲白話縣分遷來，口音與廣州、佛山的白話接近，與韶關市區的白話完全相同。」

《曲江縣志・方言概況》稿稱全縣白話具體分佈情況如下：

1. 白土鎮烏泥角村委會二隊、三隊、四隊、五隊、六隊、七隊、八隊；孟洲壩村委會四隊、五隊、六隊、十一隊；中鄉村委會。
2. 周田鎮譚屋村委會新安、新建村；麻洋村委會成屋村；新莊村委會新村、知青場；雷坑村委會大廟前，和平村委會麻坑十六隊，十七隊；林場村委會下村、新村；上道村委會，歐家洞。
3. 犁市鎮犁市村委會上寮村、中寮村、下寮村；黃竹村委會社前村；五四管理區菖蒲塘、河邊廠村。群鋒村委會烏杉嶺村（上嶺、下嶺)。
4. 樟市鎮群星村委會牛寮，宣溪水、鹽廠角、新李、新樓、新街、老街。
5. 烏石鎮烏石村委會五聯一隊、五聯二隊、五聯三隊。
6. 白沙鎮横村村委會老街、上路、下路；烏石洞村委會湖洋子、細嶺、拱橋、圳下、西洞口。
7. 馬壩鎮龍崗村委會紅星、王屋；水文村委會下壩、龍頭寨、油寮村；小坑管理區區渡頭村，細壩村。
8. 大塘鎮側田村委會橋連壩、坑口、梅子灣、石山下、社下、梁屋；黑石管理區屋；西林村委會黃仕頭、蘇村；湯溪村委會冷水坑、李屋村。
9. 坑口鎮坑口村委會區上街、下街村。
10. 黃坑鎮黃坑村委會斜陂；下營村委會石崗、新耕；高塘村委會渡船頭，大壩村。
11. 火山鎮歷山村委會。
12. 楓灣鎮白水村委會新建、大埂子、黃泥坳、新屋、陳下、坪山、梅子斜；楓灣村委會茅廠村；浪石村委會茅廠村；石峰村委會坑口楊公坑；新村村委會石坑、東坑村；大筍村委會早禾田村。

13.靈溪鎮下洞村委會新涼亭村。

14.羅坑鎮羅坑村委會新建村。[27]

筆者調查的白話方言點有馬壩鎮、烏石鎮、大坑口鎮、犁市鎮、白土鎮、孟洲壩村委會、烏泥角村委會，以上五個鎮及兩個村委會操白話人口都超出當地人口五成以上。

據《曲江縣志・方言概況》稿所稱，白話侵入曲江縣時間不長，早期白話人口於清末從清遠縣遷來。大部分農村及墟（街）鎮白話人口於民國時期日本侵略軍佔領廣州前後從廣州市及周邊白話縣分遷來，機關、廠礦中白話人口多為1949年後因工作調動從各白話縣分遷來。[28]

筆者調查馬壩鎮時，找到一位在當地住上五代的白話人，一般居民祇住上二、三代。[29] 下節所舉例子，是根據張景雄的個人讀音。

---

27 全縣白話分佈見《曲江縣志・方言概況》稿。

28 《曲江縣志・方言概況》敘述方言人口來源，是根據〈□□鎮主要姓氏情況調查〉整理、核對、調查出來，可信性很高。

29 本人不採用《粵北十市縣粵方言調查報告》馬壩材料。該書的發音合作人為馬壩鎮葉屋人，是筆者跟周日健教授一同調查的客家方言點。葉細德女士跟筆者表示，詹伯慧、張日昇一行人到馬壩，便跟教育局聯繫，表明來意，教育局便派該局幹部葉細德女士進行接待，也配合作為馬壩鎮白話發音代表人。白土連灘話材料也是在該局內找一些幹部配合工作。調查人在馬壩大約停留四天左右，便完成任務。葉細德女士又稱她是在馬壩鎮葉屋出生，五歲時（1952年）便跟家人前往廣州居住，十歲時（1957年）返回馬壩。在家中全部用客家話交談。

馬壩鎮教育局提供葉女士給調查團作為白話發音人，這是調查人最痛苦的事，教人不知道如何推卻。另一方面，可能是經費問題，不容許調查人員進行長期觀察，認識當地，了解民況，慢慢地找出一位遷來已久的發音人。1987年，筆者到韶關進行初步調查，也曾自行跑到教育局，負責人熱情接待，派來的合作人卻不是我的要求。此後，筆者便改變尋找發音合作人的方式。

一　馬壩白話[30]

1　聲韻調系統

1.1 聲母 19 個，零聲母包括在內

p	波簿胖壁豹	p‘	頗爬編劈	m	魔夢微貌						
								f	火夫符敷		
t	多釘杜定怠	t‘	拖挑徒艇			l	羅良曆糯				
tʃ	祭詐注自	tʃ‘	此創車持					ʃ	修霜身上	j	由央日魚
k	歌九技更光	k‘	軀拘棋狂敲戈況	ŋ	蛾牙危昂						
kw	瓜均軍櫃	kw‘	誇困裙規							w	和橫汪永
ø	阿愛鴨握							h	可獻行嫌		

1.2 韻母 53 個，包括 2 個鼻韻韻母。

30 發音人為張景雄，從番禺遷來四代。筆者在馬壩鎮調查白話，先後找到五個發音人。張崢，張景雄之子，第五代於馬壩鎮。曾偉杰，從順德遷來的第三代。廖佩芳，從佛崗遷來三代。以上四人的原籍都是操白話。最後一個是黃琪蓉，從曲江縣客家話區的龍歸鎮街道遷來已經三代，三代人也是運用白話交談。

i 支私字衣與		iu 票招要條		im 占鹽欠念	in 仙田臉店聯		ip 接劫碟協	it 列鐵薬貼越	
y 煮鼠柱乳					yn 端眷淵寸			yt 奪說粵血	
(e)	ei 披四機肥謎					eŋ 乘皿庭榮			ek 直域昔的疾
ɛ 借者捨夜						ɛŋ 鏡命鄭聲			ɛk 劇赤踢笛
œ 靴朶						œŋ 良張央雙			œk 略酌弱琢
a 爸茶加花	ai 階派帶槐	au 胞爪郊效較(比較)		am 耽藍慚站敢	an 單山斑慣貪巖	aŋ 彭棚横生虀	ap 踏蠟閘洽	at 辣察撒雜甲乏	ak 拍窄麥惑達鴨夾拔
(ɵ)			ɵy 舉趣推誰		ɵn 進頓春潤			ɵt 律恤術述	
(ɐ)	ɐi 幣批虧費籬膩	ɐu 透夠留幼較 (較遠)		ɐm 含臨枕禽銜	ɐn 根檳婚紋甘行秦臻	ɐŋ 燈牲萌轟省烹	ɐp 盒粒十入	ɐt 畢漆日輯狹得	ɐk 墨特刻扼或
u 孤污夫訃	ui 配媒匯會				un 半官腕門			ut 潑沫闊勃	
(o)		ou 普吐抱高				oŋ 東宋豐勇			ok 木哭俗浴
ɔ 左座和初	ɔi 抬採愛外				ɔn 趕看寒案	ɔŋ 旁狀王港霜窗		ɔt 割葛渴喝	ɔk 昨各剝撲
			(鼻韻	m̩ 唔蜈誤吾		ŋ̍ 五			

1.3 聲調

<table>
<tr><th colspan="2">調類</th><th>調值</th><th>例字</th></tr>
<tr><td colspan="2">陰平</td><td>55</td><td>多花俱知偷川</td></tr>
<tr><td colspan="2">陽平</td><td>21</td><td>駝胡排泥儀聞輛魏</td></tr>
<tr><td colspan="2">陰上</td><td>35</td><td>左補主史巧淺</td></tr>
<tr><td colspan="2">陽上</td><td>13</td><td>那雨每吻拒耳婦市</td></tr>
<tr><td colspan="2">陰去</td><td>33</td><td>個借貝畀婦市豔焰硯</td></tr>
<tr><td colspan="2">陽去</td><td>22</td><td>磨夜遇械餞耗餞婦市</td></tr>
<tr><td>上</td><td rowspan="2">陰入</td><td>5</td><td>執恤北叔刻剔</td></tr>
<tr><td>下</td><td>3</td><td>答劫刷隻脫踏沓峽</td></tr>
<tr><td colspan="2">陽入</td><td>2</td><td>納諜昨力亦肉</td></tr>
</table>

2 語音特點

馬壩粵語跟穗港粵語同屬廣府片的語音體系，相同之中，也有差異之處。不同地方主要集中在個別[a]、[ɐ]不分，陽聲尾韻[-m -ŋ]，入聲尾韻[-p -t -k]出現變異。跟中古音、廣州話比較，馬壩粵語有以下特點。

2.1 聲母方面

2.1.1 [n l]不分。

古泥（娘）母字不像廣州話那樣[n l]分明，縣城馬壩不論中、青年人都念成[l]。例如：

難(泥) lan²¹=蘭(來) lan²¹　　年(泥) lin²¹=連(來) lin²¹

女(泥) løy¹³=呂(來) løy¹³　　尿(泥) liu²²=廖(來) liu²²

2.1.2 [kw　k]不分和[kw‘　k‘]不分。

脣化音聲母[kw　kw‘]與[ɔ]系韻母相拼，大部分人傾向消失圓唇[w]，讀成[k　k‘]。例如：

戈 ＝ 哥 kɔ^{55}　　　　國 ＝ 角 kɔk^{3}

礦 ＝ 抗 k‘ɔŋ^{33}　　　　廓 ＝ 確 k‘ɔk^{3}

2.1.3 部分古溪母字的變讀。

廣州、馬壩兩地粵語古溪母字主要讀音為[h]，差別地方是馬壩人不少交叉兼讀成[k‘]，跟韶關相比，馬壩這類兩讀字在數量相對為少。例如：

	敲(開)	慷(開)	砍(開)	恐(合)
馬壩	hau^{55}~k‘au^{55}	hɔŋ^{35}~k‘ɔŋ^{35}	hɐm^{35}~k‘ɐm^{35}~k‘an^{35}	hoŋ^{35}~k‘ɔŋ^{35}
韶關	hau^{55}~k‘au^{55}	hɔŋ^{35}~k‘ɔŋ^{35}	hɐm^{35}~k‘ɐn^{35}~k‘am^{35}~k‘an^{35}	hoŋ^{35}
廣州	hau^{53}	hɐm^{35}	hɔŋ^{35}	hoŋ^{35}

這種一字二讀是聲母的自由變體，並沒有詞義上的差別。

2.2 韻母方面

2.2.1 [a　ɐ]互混交替

廣州話[a]、[ɐ]兩者是對立的，會產生辨義作用，所以廣州話有長短兩個音位[31]，是粵語韻母中的一大特點，馬壩粵語也保留[a]、[ɐ]對立的特點，衹是個別[a]、[ɐ]出現彼此交替現象。這方面的互混交替有兩種形式，一種是[ɐ]跟[a]交替，一種是[a]跟[ɐ]混讀。不論那種，在穗港粵語裡絕對起對立，並且具有辨義作用，在曲江馬壩或是

31 超音段音位的一種——指超音段成分音長的音位。

筆者上文提及的曲江白話方言點，應該還是具有辨義作用，衹是逐漸趨向模糊，說話人衹要對方明白便算了。應該具有辨義而實際中卻是模糊了事，不單出現[a]、[ɐ]，舉凡陽聲韻及入聲韻的韻尾方面也出現這種情況，現分述如下：

2.2.2 [ɐ]跟[a]交替。

	甘咸開一	鴿咸開一	洽咸開二
馬垻	kɐm^{55}~kɐn^{55}~kam^{55}	kɐp^{3}~kɐk^{3}~kak^{3}	hɐp^{5}~hɐt^{5}~hap^{5}~hat^{5}
廣州	kɐm^{53}	kɐp^{3}	hɐp^{5}

	乏咸合三	拔山開二	筏山合三
馬垻	fɐt^{2}~fat^{2}~fak^{2}	pɐt^{2}~pat^{2}~pak^{2}	fɐt^{2}~fat^{2}~fak^{2}
廣州	fɐt^{2}	pɐt^{2}	fɐt^{2}

	肋曾開一	羹梗開二	麥梗開二
馬垻	lɐk^{2}~lak^{2}	kɐŋ^{55}~kɐn^{55}~kaŋ^{55}	mɐk^{2}~mɐt^{2}~mak^{2}
廣州	lɐk^{2}	kɐŋ^{53}	mɐk^{2}

這裡所舉的例子是馬垻方面的，事實上也出現在曲江各白話鎮。這種元音變體跟虱婆聲有關係。筆者在調查中，發現虱婆聲呈現這種現象，正好印證韶關、曲江白話這種變體是有根源，不是當地語音一種自行演化。試看下列幾個虱婆聲方言點的元音變體。

韶關（老派，舊縣城）	真(真韻) tʃɐn^{213}~tʃan^{213}	分(文韻) fɐn^{213}~fan^{213}
白沙大村	曾 ts‘ɐn^{21}~ts‘an^{21}	
重陽船話	文 vɐŋ^{52}~vaŋ^{52}	胸 hɐŋ^{21}~haŋ^{21}

周田船話　　胸 hɐn³³~haŋ³³ [32]

虱婆聲 ɐn 與an、ɐŋ 與 aŋ 並不對立，是同一個音位。在廣州話裡，ɐ 跟 a 對立，是兩個音位。當虱婆聲人向白話進行轉移，其母語的頑固特質便殘餘在白話，形成 ɐ、a 互混交替，這是方言接觸的結果。

2.2.3 [a]跟[ɐ]混讀。

	銜咸開二	狹咸開二	或曾合一	烹梗開二
馬垻	ham²¹~hɐm²¹	hap³~hat³~hɐt³	wak²~wɐk²	p‘aŋ⁵⁵~p‘ɐŋ⁵⁵
廣州	ham²¹	hap²	wak²	p‘aŋ⁵⁵

長元音[a]出現短元音[ɐ]的變體讀音，這種特點在曲江的白話是常見的，跟操客家話的人進行語碼轉換粵語有密切關係。

曲江客家話沒有[ɐ]這個音位，廣州話[ɐ]類韻母，部分字在客家話為[a]類韻母。曲江白話部分長元音[a]類字跟短元音[ɐ]相混，這種元音變體跟客家話有一定的關係。

筆者調查過三十餘個曲江客家方言點，不少人把[a]說成[ɐ]，特點是隨意的，不穩定的，屬於個人色彩，不是某一個字一定會如此說，也不構成對立。上文表五已列出馬垻鎮鞍山村委會和樂村葉屋、陽崗村委會上何村、烏石村委會林屋、成屋、白土鎮油坪村委會塘夫村陳屋、楓灣鎮步村村委會塘角夫、周田較坑村委會涯婆石村、羅坑

---

32 詹伯慧《現代漢語方言》（武漢市：湖北教育出版社，1985年8月）頁38~39探討-n、-ŋ的分混。文章談及贛方言、客家話都存在著 ən、əŋ 混同。n、ŋ 混同的現象，其中以-ŋ韻混入 -n 韻為多，-n 韻混入 -ŋ 韻的為少。虱婆聲來自贛語，這種 -n、-ŋ混同的現象也保留下來。

鎮羅坑村委會謝屋村、白沙鎮龍皇洞下莊村村民在陽聲韻、入聲韻前頭的[a]，部分可以變讀成[ɐ]，卻不構成對立。可以這樣說，在廣州話裡的 a、 ɐ 是兩個音位，在客家話裡則是同一個音位，沒有長短兩個時位，祇是一個音位兩個變體，也不引起詞義變化。例如：

馬壩鞍山葉屋	鹹 haŋ^{24}~hɐŋ^{24}	彭 p‘aŋ^{24}~p‘ɐŋ^{24}
白沙龍皇洞莊村	蛋 t‘aŋ^{31}~t‘ɐŋ^{31}	烹 p‘aŋ^{44}~p‘ɐŋ^{44}
白土油坪塘夫村	蛋 t‘aŋ^{31}~t‘ɐŋ^{31}	巖 ŋaŋ^{24}~ ŋɐŋ^{24}
羅坑羅坑謝屋	沓 t‘ap^{5}~t‘ɐp^{5}	蠶 ts‘am^{24}~ts‘ɐm^{24}
楓灣步村塘角夫	挖 vat^{1}~ vɐt^{1}	浴 ts‘ak^{5}~ts‘ɐk^{5}
烏石烏石成屋	欖 laŋ^{31}~ lɐŋ^{31}	衫 sam^{44}~ sɐm^{44}
烏石展如賴屋	耽 taŋ^{44}~ tɐŋ^{44}	
周田較坑涯婆石村	八 pat^{1}~ pɐt^{1} [33]	

綜合來說，韶關市北江區、武江區、湞江區、曲江縣馬壩、烏石、大坑口、白土等鎮的白話，今天所出現的[a ɐ]兩者相互互混交替的變異現象，各鎮、各人表現深化程度各有不同。曲江等地白話[a ɐ]互混交替的變異，這種現象，是當地客家進行語碼轉換白話時，潛藏在客家話裡的頑固特徵，轉移到目的語裡，干擾了白話的體系或其結構因子。

2.2.4 古咸、深攝開口一、二等，深攝三等尾韻的變異

在馬壩及上文提及的曲江縣各白話流行的鄉鎮裡，舉凡古咸、深攝開口一、二等，深攝三等尾韻，部分人某些字保留[-m -p]的特點，出現變異部分跟方言接觸有關。

---

33 烏石展如賴屋及周田較坑涯婆石村調查時間較短，這種現象例子暫時祇找出一個。

馬壩鎮白話這方面的變異，有些字是[-m~-n]、[-p~-t]兩讀。部分入聲尾韻更併入[-k]，形成[-p~-k]、[-p~-t]、[-t~-k]兩讀，部分人更有[-p~-t~-k]三讀。[34] 這種混讀變異現象，入聲尾韻的變異顯得比陽聲尾韻豐富多樣。例如：

	函咸開一	慘咸開一	擔咸開一	堪咸開一	感咸開一	甘咸開一
馬壩	ham^{21}	tʃ‘an^{35}	tam^{33}	hɐm^{55}	kan^{35}	kam^{55}
			~tan^{33}			~kan^{55}
廣州	ham^{21}	tʃ‘am^{35}	tam^{33}	hɐm^{53}	kɐm^{35}	kɐm^{53}

	咸咸開二	減咸開二	嵌咸開一
馬壩	ham^{21}	kam^{35}	hɐm^{33}
		~kan^{35}	
廣州	ham^{21}	kam^{35}	hɐm^{33}

	答咸開一	搭咸開一	塔咸開一	納咸開一	鴿咸開一	合咸開一
馬壩	tat^{3}	tap^{3}	t‘at^{3}	lap^{2}	kap^{3}	hɐp^{2}
		~tɐt^{3}	~t‘ak^{3}	~lak^{2}	~kat^{3}	~hɐt^{2}
廣州	tap^{3}	tap^{3}	t‘ap^{3}	nap^{2}	kɐp^{3}	hɐp^{2}

	站咸開二	杉咸開二	減咸開二	嵌咸開二
馬壩	tʃam^{22}	tʃ‘an^{33}~ʃa^{55}	kam^{35}~kan^{35}	hɐm^{33}
廣州	tʃam^{22}	tʃ‘am^{33}	kam^{35}	hɐm^{22}

	插咸開二	閘咸開二	夾咸開二	洽咸開二
馬壩	tʃ‘ap^{3}	tʃap^{2}~tʃak^{2}	kap^{2}~kat^{2}	hɐp^{5}~hap^{5}

34 詳細情況，參看下章各表。

廣州	tʃ‘ap^{3}	tʃap^{2}	kap^{3}	hɐp^{5}

	簪深開三	林深開三	侵深開三	音深開三
馬壩	tʃan^{55}~tʃaŋ^{55}	lɐm^{21}	tʃ‘ɐm^{55}~tʃ‘ɐn^{55}	jɐn^{55}
廣州	tʃam^{53}	lɐm^{21}	tʃ‘ɐm^{53}	jɐm^{53}

	集深開三	習深開三	汁深開三	入深開三
馬壩	tʃɐp^{2}~tʃat^{2} ~tʃak^{2}	tʃat^{2}~tʃak^{2}	tʃɐt^{2}	jɐp^{2}~jɐt^{2}
廣州	tʃap^{2}	tʃap^{2}	tʃɐp^{5}	jɐp^{2}

2.2.5 古咸攝開口三、四等尾韻的變異

咸攝開口三、四等[mp]尾韻的變異，張景雄保留[im]特點最多，變異成[in]、[im~in]各佔一半，其子張崢保留[im]讀音特點較少。其餘各人變讀[in]最多。入聲韻方面，馬壩鎮各發音人差不多全讀[it]為主，[ip]~[it]並不多。

	潛咸開三	簾咸開三	點咸開四	嫌咸開四
馬壩	ts‘in^{21}	lim^{21}~lin^{21}	tin^{35}	him^{21}~hin^{21}
廣州	ts‘im^{21}	lim^{21}	tim^{35}	jim^{21}

	葉咸開三	接咸開三	碟咸開四	協咸開四
馬壩	jit^{2}	tʃip^{3}~tʃit^{3}	tip^{2}~tit^{2}	hip^{3}
廣州	jip^{2}	tʃip^{3}	tip^{2}	hip^{3}

2.2.6 咸攝合口三等乏韻非組、山攝開口一二等、合口二三等、臻攝開口三等入聲字的變異

這方面的變異，基本上是把舌尖塞音尾韻[-t]讀成舌根塞音尾韻[-k]，形成[at]有[at]、[ak]兩讀，[ɐt]有[ɐt]、[at]、[ak]一字數韻交叉兼讀現象。例如：

	法咸合三	乏咸合三	達山開一
馬壩	fat^{3}~fak^{3}	fɐt^{2}~fat^{2}~fak^{2}	tat^{2}~tak^{2}
廣州	fat^{3}	fɐt^{2}	tat^{2}

	八山開二	拔山開二	滑山合二
馬壩	pat^{3}~pak^{3}	pɐt^{2}~pat^{2}~pak^{2}	wat^{2}~wak^{2}
廣州	pat^{3}	pɐt^{2}	wat^{2}

	髮山合三	伐山合三	疾臻開三
馬壩	fat^{3}~fak^{3}	fɐt^{2}~fat^{2}~fak^{2}	tʃɐt^{2}~tʃak^{2}~tʃek^{2}
廣州	fat^{3}	fɐt^{2}	tʃɐt^{2}

2.2.7 曾攝開口一等，梗攝開口二等字的變異

嚴格分開來說，曾攝變化較大較多，梗攝變化較少。

曾攝開口一等，梗攝開口二等字的陽聲韻[ɐŋ]，曾攝開口一等入聲韻[ɐk], 受訪者絕大部分讀成[ɐŋ]、[ɐk]，或變讀成[ɐn]、[ɐt]，偶爾出現[ɐŋ]跟[ɐn]、[ɐk]跟[ɐt]交叉混讀現象。例如：

	曾曾開一	能曾開一	杏梗開二
馬壩	tʃɐŋ^{55}~tʃɐn^{55}	lɐŋ^{21}~lɐn^{21}	hɐŋ^{22}~hɐn^{22}
廣州	tʃɐŋ^{53}	nɐŋ^{21}	hɐŋ^{22}

	行(行為)梗開二	得曾開一	北曾開一
馬壩	hɐŋ^{21}~hɐn^{21}	tɐk^{5}~tɐt^{5}	pɐk^{5}~pɐt^{5}

廣州	hɐŋ^{21}	tɐk^{5}	pɐk^{5}

《粵北十縣市粵方言調查報告》中關於曲江馬壩鎮白話韻母的特點，表示"古深攝的陽聲韻尾和入聲韻尾是 -n 和 -t，古咸攝的陽聲韻尾和入聲韻尾分別是 -n 和 -t，-ŋ 和 -k，比廣州話少了-m、-p 韻尾。"事實上絕對不是如此。

馬壩鎮白話咸攝開口一、二等[am][ɐm][ap][ɐp]、深攝三等[ɐm][ɐp]一類字，如上所舉例子，有的還是完全保留廣州話古咸、深攝尾韻的特點，有的完全變成 -n/-t，有的-m/-p ～ -n/-t/-k兩種或多種形式自由變讀。咸、深二攝[-m　-p]的讀音雖存，趨勢卻是朝著[-n　-t　-k]尾韻方向消變。馬壩白話的特點，是因方言接觸（包括與母親所操的語言接觸）而起變。

筆者調查了一個三代居於馬壩鎮街道的受訪者廖佩芳女士，她愛把咸攝鼻音尾韻[-m]讀成[-ŋ]，這在白話人家庭中是少有的現象。例如：

	探咸開一	喊咸開一	斬咸開二	餡咸開二
馬壩少數現象	t‘aŋ^{33}	haŋ^{33}	tʃaŋ^{35}	haŋ^{35}
馬壩一般現象	t‘an^{33}	ham^{33}~han^{33}	tʃam^{35}~tʃan^{35}	ham^{35}~han^{35}
廣州	t‘am^{33}	ham^{33}	tʃam^{35}	ham^{35}

筆者認為這不屬於一種完全種孤立的現象，墟市場上也很容易接觸到，這種特別變異的讀音，大概就是當地的或鄰近的客家人、虱婆聲人到縣城進行經濟交易時，為了方便，操著一種平日備用狀態的白話，就會說成這樣。簡言之，這是當地操虱婆聲、客家話土著把語碼轉換成粵語時，牢牢保留著虱婆聲、客家話的尾韻特點。事實上，如果發音人的父母都是從珠江三角洲一帶遷來三代或以上，這種變異也

會出現，衹是偶然出現三數個字而已，[35] 廖佩芳卻是差不多全盤這樣去變。

《粵北十縣市粵方言調查報告》中介紹曲江馬壩鎮白話咸攝鼻音尾韻[-m]讀成[-ŋ]的特點，正好完全顯露出客家人葉細德（葉屋客家人）[36] 說的白話特點。葉細德說的白話衹是第一代客家人說的白話。廖佩芳具有這種特點，跟她的母親是馬壩濛溪客家人有關。馬壩濛溪客家話的咸、深攝字是把鼻音尾韻[-m]讀成[-ŋ]，跟葉屋客家話的特點一樣，參見表五。廖女士在白話家庭出生，祖上又遷來三代，卻充滿非白話人家庭的一般變異特點，家庭內部成員方言接觸的影響是不可以忽略。關於這方面的分析及數據，參看下章。

筆者認為分析的時候，不能單看新派、老派、青年、中年、老年，而忽視發音人四鄰的方言情況以及家庭成員的方言情況。

綜合來看，曲江馬壩白話鼻音尾韻[-m]讀成[-ŋ]，正處於開始擴散到白話家庭的階段，而入聲尾韻[-p]音變為[-k]，已經早一步普遍發展起來。在老中青三代完全運用白話交談的家庭出現把[-m]讀成[-ŋ]（張景雄只出現數個這種特點的讀音），說明[-m]擴散成[-ŋ]正悄悄進行著。

馬壩鎮白話咸攝開口一、二等[am][ɐm][ap][ɐp]，深攝三等[ɐm][ɐp]一類字，還能夠保留古咸、深攝尾韻的特點，可見方言接觸對這方面影響較慢。

咸攝開口一、二等及深攝入聲字大部分趨向消失〔-p〕，咸攝開口三、四等[im][ip]尾韻大部份變異成[in][it]，這方面變化速度則較

---

35 張景雄「簪」（深攝三）tʃan　~tʃaŋ。

36 葉細德，《粵北十縣市粵方言調查報告》馬壩鎮發音人，在馬壩鎮出生，五歲時（1952年）便跟家人前往廣州居住，十歲時（1957年）返回馬壩。在家中全部用客家話交談。

快。可以說，方言接觸後，異方言的某些頑固特質會出現在目的語，擴散卻有快慢。

2.3 聲調方面

馬壩粵語與穗港粵語的調值有點差異。馬壩粵語的陰平調只有[55]的高平調，不出現穗港粵語陰平調[53]、[55]連讀變調（逆同化現象）與非連讀變調的問題。馬壩粵語濁上變去的字比廣州話多一點，部分陽去混入陰去，陰去混入陽去，陽入混入下陰入，出現一字二調的自由變讀現象。

2.3.1 陽去混入陰去的變讀

曲江馬壩、韶關總是出現一部分字把陽去混入陰去，或陽去陰去交叉兼讀，形成一字二調自由變讀現象，這點跟虱婆聲陽去變體有關。詳見下章韶關白話聲調的特點分析或又見本章第二節表七和分析，交代了白話陽去混入陰去的變異與虱婆聲的關係。陽去混入陰去的變讀，例如：

	粹	豔	撰	弊
馬壩	$ʃɵy^{33}$~$ʃɵy^{33}$	jin^{33}	$tʃan^{33}$	$pɐi^{22}$~pei^{33}
廣州	$ʃɵy^{22}$	jim^{22}	$tʃan^{22}$	$pɐi^{22}$

2.3.2 全濁上變去的變讀

曲江馬壩及各鎮的白話，都有陽去混入陰去這種特點，全濁上變陽去的字，也同樣會出現變讀陰去。例如：

	緒全濁上	婦全濁上	怠全濁上	市全濁上
馬壩	$ʃɵy^{13}$~$ʃɵy^{22}$	fu^{13}~fu^{22}~fu^{33}	$tʻɔi^{13}$~$tɔi^{22}$	$ʃi^{13}$~$ʃi^{33}$
廣州	$ʃɵy^{13}$	fu^{13}	$tʻɔi^{13}$	$ʃi^{13}$

2.3.3陽入混入下陰入

	僕	額	撥	踏
馬壩	pok^2~pok^3	$ŋak^2$~$ŋak^3$	put^2~put^3	tap^2~tat^2 ~tak^2~tat3
廣州	pok^2	$ŋak^2$	put^2	tap^2

二　烏石、大坑口、犁市、白土白話概況

烏石、大坑口、犁市、白土鎮街道、白土鎮孟洲埧村委會、白土鎮烏泥角村委會的白話大致跟縣城馬埧鎮的白話有少許差異。主要不同地方在聲母及韻母兩方面。

1　聲母方面

烏石鎮、白土鎮街的白話有兩套塞擦音和擦音，一套是舌葉音tʃ tʃ‘ ʃ，一套是舌尖前音的ts ts‘ s。兩套塞擦音和擦音，祇見於烏石鎮街道祇見於老派，當年（1993年）兩位55歲以上的合作人便分出兩套，當中一位發音人的兒子，當年17歲，屬於新派，只有舌葉音tʃ tʃ‘ ʃ。白土鎮街道方面，當年調查了五個人，最年輕的32歲，塞擦音和擦音也分成兩套。關於舌尖前音，祇出現止開三精知莊章四組，跟當地客家話一樣。例如：

此	智	支	獅
$ts‘ʅ^{35}$	$tsʅ^{33}$	$tsʅ^{55}$	$sʅ^{55}$

2 韻母方面

2.1 舌尖前元音[ɿ]

烏石鎮、白土鎮街的白話有舌尖前元音[ɿ]韻母，衹分佈在止開三精知莊章四組，跟當地客家話一樣都讀作[ɿ]，其聲母屬於舌尖前音。例如：

次	治	視	史
$ts‘ɿ^{33}$	$tsɿ^{22}$	$sɿ^{33}$	$sɿ^{35}$

2.2 韻母[ui][un]

烏石鎮街道一位年輕人譚杰勇，把白話的[ɵy]一概讀成[ui]；白話的[ɵn]也一概讀成[un]，跟其父親譚智明、叔父譚教輝截然不同。例如：

女 lui^{13}	緒 $ʃui^{22}$	舉 kui^{35}	虛 hui^{55}
鄰 lun^{21}	津 $tsun^{55}$	遁 tun^{22}	迅 sun^{33}

把[ɵy] 轉成[ui]，[ɵn]轉成[un]，是白話人跟當地客家人多接觸而影響過來的。筆者在1994年暑假期間，曾經在調查當地方言的期間，到過烏石鎮中學，跟校長進行過接觸，了解其學生多數是客家人，跟那裡是客家地方有關。杰勇這位年輕伙子的客味兒白話，不是其方言一種變異，主要是日常受校中客家年輕伙子同學操不標準的白話所影響。

第四章
韶關市區主要漢語方言的特點

第一節　韶關客家話

韶關的北江區、湞江區、武江區靠近市政中心的地方，絕大部份通行白話。這三區的客家話，主要分佈在郊區的村落。三區中又以湞江區最密集。

韶關客家人人數，筆者曾經跟韶關市志辦公室負責人提及此事，他們說不出來，這個跟主編著眼重點有關。至於這裡的客家人是從何地而來，總負責人稱這件事不好說，主要是市區人流多，不容易統計，筆者很認同此事。余伯禧、林立芳〈韶關方言概說〉一再指出1991年韶關市區東郊和北郊農村的客家人約三萬人。[1]這個數字沒包括南郊大陂村委會、樂園鎮一帶的客家人人口。

關於韶關的客家人來源，筆者認為基本上跟曲江縣一樣，應該有不少是早年從福建上杭一帶遷來。這樣說法，是類推而來的。韶關在過去是曲江縣的舊縣城，曲江新縣城在1966年改遷到馬壩鎮，舊縣城升格為市衹是近年的事，曲江縣絕大部份的客家人從福建上杭來，韶關若然不是，是很難教人接受的。

韶關跟馬壩鎮比較，前者為舊縣城，具有水路優勢，經濟及政治

1　余伯禧、林立芳〈韶關方言概說〉《韶關大學韶關師專學報》（社會科學版）（廣州市：韶關大學韶關師專學報編輯部出版，1991年）第三期，頁30：「韶關市區東郊和北郊農村的客家人約三萬人」大概來自梁猷剛〈廣東省北部漢語方言的分佈〉《方言》（北京市：中國社會科學出版社，1985年）第二期，頁97。

地位歷史比新縣城馬壩要發達要悠久。縣城一般人流複雜，在今天的新縣城馬壩鎮，祇有二十多年歷史，還是很容易找到從福建上杭來的後人，其它城鎮更不用說。在舊縣城韶關的中洲半島上很難找到從外地遷來四、五代以上的客家人，早期南郊、北郊、西郊，多數是虱婆聲人居住，祇有東郊新韶鄉、南郊的南郊鄉最多客家人從外地遷來及集中一起。

東河的新韶鄉，在過去未進行都市建設，主要從外地遷來的客家人為連平、始興、老隆（河源）近鄰地區的客家人，不單集中今天的東河壩一帶，甚至打下一直延伸到南郊的大陂村委會。這一大片的人人數不少，多自稱來自惠州，實在祇是泛指來自惠州府地區的連平、老隆（河源）一些管轄縣鎮而已，不是專指惠州一地。來得早點的，便佔據不受水淹的高壩地，這些人主要是來自惠州地區的老隆(河源)客家人，還有來自始興的客家人。

在過去，韶關有不少會館，在東河那邊便有墨江會館，筆者在1988年冬調查東河客家話時，這所會館剛巧在我進行調查前三天左右為人拆掉，真是教人無限惋惜！墨江會館是始興人所建，提供家鄉人工商業活動的方便，也提供一些福利給本鄉人。在東河墨江會館附近還有始興街，足見曲江縣有不少從事商業活動的始興人聚居。在始興街不遠地方，有一條老隆街，大概是老隆人聚居的地方。

筆者認為韶關還有有不少從梅縣、翁源、新豐遷來的客家人，這是因為筆者當年在韶關三區（北江區、武江區、湞江區）尋找一些來自珠江三角洲、近鄰客家地區遷來三代或以上說白話的合作人時，發現介紹給筆者的數十個（不包括筆者親自下區進行查訪）面試人，來自梅縣、翁源、新豐最多，來自當地東河石陂的有兩個，從馬壩鎮老葉屋遷來的有一個。三地中以梅縣最多，翁源次之。

一　韶關湞江區東河村委會垻地村客家話[2]

1　聲韻調系統

1.1 聲母　16 個

p	八北博布	pʻ	怕匹盤貧	m	麻米面望				
						f	發費馮灰	v	武碗話雲
t	帶等滴東	tʻ	太體唐同					l	理落暖怒
ts	姊爭展主	tsʻ	尺抽鋤粗			s	生手酸是		
k	減各古國	kʻ	抗缺舅局	ŋ	鵝硬日女	h	黑好河合		
ø	引然約閏								

2　發音人為楊錦生，調查於1988年12月。老先生居於韶關湞江區東河低垻地，楊先生早年為農民，屬於公社生產二隊，今天歸屬新韶鎮東河村委會垻地村，屬於自經濟發展後一種農村地方的街道居民，跟過去或古代完全不同，他們的身分不再是農民，當地有一種特稱術語，這種人稱為「農轉非」，就是由於經濟發展，農村土地為政府徵收，建築樓房，他們不再是農民，戶籍身分轉成了非農民，故稱「農轉非」。一九八八年，他是筆者能力上可以找到居於東河最久的人。

楊先生的祖上從肇慶遷來，到他已經第六代。老先生表示他的現居地是當年老屋地址上重建，當年農耕就在附近。先生稱在他年幼時，這片地方祇是荒草亂墳，很少農家，也不成村。來此片垻地祇有外人，曲江本地人不會在此建村及務農，跟地勢低經常受水淹有密切關係。

從今天東河橋往北走，是一片高坡垻地，不容易遭受受水淹之苦，發展較好，有一條短街，多數是來得較早的始興、老隆人居住，這裡還有一所始興人建成的小會館──墨江會館。

1.2 韻母　46 個

ɿ 世知寺	i 衣比弟	y 居書住	(e)	(æ)	a 謝蛇花	(ɔ)	u 布故武	(o)
					ia 姐謝野			io 茄瘸
					ua 瓜誇掛			
			ei 細齊低	æu 漏走厚	ai 帶介買		ui 對水圍	oi 菜灰衰
					uai 怪塊筷			
					au 袍巢燒			ou 果保好
	iu 有收舊				iau 焦繞橋		iui 銳蕊	
	in 林薪命		en 險展燈		an 蠶減蘭		un 門文群	on 干團全
					ian 廉變元		iun 潤雲永	
					uan 關寬慣			uon 官冠觀
					aŋ 生硬聲		uŋ 東從胸	oŋ 黨床房
					iaŋ 病請青		iuŋ 翁容用	ioŋ 娘良槍
			et 得黑舌		at 達搭脈	ɔt 濕直食	ut 沒律國	ot 割奪劣
	it 一急滴				iat 接協踢			
					uat 刮括			
							uk 木六肅	ok 博作桌
							iuk 育獄欲	iok 削約雀

1.3 鼻韻　1 個

m̩ 梧五吾午

1.4 聲調　6 個

陰平	44	瓜秋稻兩	陽平	24	河譚棉鄰	上聲	31	普似引飯
去聲	53	過試印快	陰入	1	搭割失北	陽入	5	合達麥毒

2 語音特點

塡地村客家話的特點是在鼻音韻尾及塞音韻尾中，祇保留韻尾[-n　-ŋ]及[-t　-k]，沒有韻尾[-m　-p]。例如：

咸攝	男 lan²⁴	減 kan³¹	廉 lian²⁴	染 ŋian³¹
	答 tat¹	鴨 at¹	劫 kiat¹	協 siat⁵
深攝	林 lin²⁴	金 kin⁴⁴	深 sin⁴⁴	音 in⁴⁴
	入 ŋit⁵	急 kit¹	十 sət⁵	濕 sət¹
山攝	旦 tan⁵³	線 sian⁵³	暖 lon⁴⁴	圓 ian²⁴
	辣 lat⁵	薛 siat¹	闊 k‘at¹	發 fat¹
臻攝	根 ken⁴⁴	印 in⁵³	溫 vun⁴⁴	軍 kun⁴⁴
	匹 p‘it¹	一 it¹	恤 sut¹	佛 fut⁵
曾攝	燈 ten⁴⁴	增 tsen⁴⁴	陵 lin²⁴	蒸 tsin⁴⁴
	北 pet¹	黑 het¹	色 set¹	織 tsit¹
梗攝	生 saŋ⁴⁴	平 p‘in²⁴	靈 liaŋ²⁴	青 ts‘iaŋ⁴⁴
	伯 pat¹	屐 k‘iat⁵	隻 tsat¹	滴 tit¹
宕攝	黨 toŋ³¹	漿 tsioŋ⁴⁴	香 hioŋ⁴⁴	光 koŋ⁴⁴
	博 pok¹	削 siok¹	虐 ŋiok⁵	郭 kok¹
江攝	講 koŋ³¹	桌 tsok¹	濁 ts‘ok⁵	確 k‘ok¹

通攝	送 suŋ^{24}	馮 fuŋ^{24}	從 ts'uŋ^{24}	擁 iuŋ^{53}
	督 tuk^{1}	叔 suk^{1}	辱 iuk^{5}	欲 iuk^{5}

在東河村委會轄下的候山村，其鼻音韻尾及塞音韻尾的特點跟填地村相同，可以參看吉川雅之〈粵北粵語和粵北客家話一些共同特徵〉[3]

這片地方的咸、深攝字已經失掉閉口音，改成舌尖前輔音韻尾[-n][-t]，這跟曲江縣馬填片古咸、深二攝今轉化成舌根輔音韻尾[-ŋ][-k]不同，也跟曲江縣南端的大坑口、羅坑的大羅片保留雙唇輔音韻尾[-m][-p]不同。

第二節　韶關虱婆聲

直至今天，調查韶關虱婆聲的分佈情況最詳盡的，莫過於〈韶關市近郊「虱婆聲」的初步研究〉[4]。不過，筆者覺得該文還有許多地方有所遺漏或是弄錯，例如文中有車頭、嶺頭兩地。嶺頭是車頭村委會屬下的一個村民組。另一方面，整個車頭村委會祇操虱婆聲，不操其它口音，若果在車頭村委會之外加上嶺頭，會給人誤會這個村委會祇有嶺頭是操虱婆聲，其它轄屬車頭的村民組是操別的方言。

該文表示在武江區操虱婆聲的有老何屋、新何屋、鄧屋。鄧屋是統稱，實際上是指江背田心、上巷、石腳下、新聯四個自然村，他們全部都是姓鄧的。表八是筆者跟北江區、武江區、湞江區當地鎮書記、村委會書記、村治保主人直接採訪整理出來的，結果跟〈韶關市

3　未刊稿，第五屆國際粵方言研討會論文。

4　林立芳、莊初昇、鄺永輝〈韶關市近郊「虱婆聲」的初步研究〉《韶關大學學報》（社會科學版）（韶關大學學報，1995年）第一期，頁35~36。

近郊「虱婆聲」的初步研究〉有差異。本表三個區的鄉鎮及船民虱婆聲人口數字屬於1999年的數據，市中心南門辦事處、和平辦事處、太平辦事處的虱婆聲人口數字，當地書記、區長、居委會、派出所、交通部、市志辦也無法答覆城區內的虱婆聲人口。筆者祇好根據一些口訪說法推出今天這個小島的虱婆聲人約有1,000人。[5]

關於水道上的船話，〈韶關市近郊「虱婆聲」的初步研究〉稱從武江、湞江、北江上游打到英德沙口止。筆者跟曲江縣水運公司周元東先生談及此事，他表示有點不對。周先生堅稱在曲江縣整個水面上活動的傳統水上人，都是操虱婆聲。其他方言者為了生計而從事水運或打魚蝦的人，不應該包括在內。關於船民的居民點，請參看上一章。

周先生表示這種操虱婆聲的船民點到了英德便少了很多。在英德大北江（北江）水道上，祇有沙口、坑口咀、英城、連江口四個鎮有操虱婆聲的船民聚居。沙口方面，祇是部分居民操此語。在小北江（連江）水道上，祇有西牛、浛洸、大灣三個鎮有操虱婆聲船民聚居。因此不是整個英德縣水道操虱婆聲，而是以操近似白話的白話船話為多。

筆者在1993年到曲江縣烏石鎮濛管理區調查時，當時的黃書記也有跟周先生相近的說法，不過，周氏說得較為具體詳細。

關於韶關虱婆聲人人口數目，〈廣東省北部漢語方言的分佈〉表示「講曲江話的約有4萬人。」[6] 到了1991年，〈韶關方言概說〉又稱「韶關市西郊和西北郊稱為『曲江話』或『老韶關話』或『蝨乸話』，約有4萬人。」[7]

5　見表八。

6　梁猷剛〈廣東省北部漢語方言的分佈〉頁91。

7　余伯禧、林立芳〈韶關方言概說〉頁83。

這兩篇有分量的文章，關於虱婆聲的具體分佈及人口數據來源，還是有所欠準，資料及數字來源也宜說明清楚，交代清楚。筆者調查所得是約24,000人，詳見表八。

表八（1999年中）韶關市區虱婆聲人口分佈及人口數字表[8]

區	鎮	村委會	虱婆聲村民組（自然村）	人數	
北江區	十里亭鎮	灣頭	盧屋、李屋、彭屋、高第街、姜屋	約1,200人	約5,400人
		蠟石	塘頭、小門頭、鍾屋、沖尾	約1,000人	
		靖村		約2,000人	
		良村	沙頭(1)	約 200人	
	市中心(2)	南門辦事處、和平辦事處、太平辦事處		約	
武江區	西河鎮	向陽		約 800人	約10,220人
		朝陽	上窰	約 700人	
		什石園	什石園	約 600人	
		村頭		約 900人	
		大村	上胡、下胡	約1,200人	
		塘寮	麥屋	約 400人	
	西聯鎮	西聯	田心、上巷、三腳下、新聯、老何屋、新何屋、李屋、焦冲、五夫田	約1,380人	
		車頭	胡屋	約1,200人	
		下胡		約 880人	
		赤水		約 480人	

文中稱「韶關市西郊和西北郊稱為『曲江話』或『老韶關話』或『蝨嫐話』，約有4萬人。」從「西郊和西北郊」一語來看，調查時好像還沒有包括湞江區的新韶鎮和南郊的樂園鎮。

8 筆者碩士論文提到韶關市北江區市中心虱婆聲人口為15,500人，實屬筆者行文時不小心所致。

實際上北江區市中心會說虱婆聲的人只有1,000人左右。15,500人是包括了虱婆聲族群中不會說虱婆聲的「虱婆聲」後人。

		甘棠		約1,680人	
湞江區	新韶鎮	石山	石陂、鄧屋、蔣屋、劉屋	約 700人	約7,250人
		水口	劉屋、新劉塘、老劉塘、歐屋、曾屋	約 200人	
		黃浪水	朱屋	約 50人	
		黃金村		約 300人	
	樂園鎮	花梨園	鶴沖（約150人） 村頭（約450人)	約 600人	
		長樂	中村（約800人） 華屋（約800人） 東壩、西壩（兩壩共2,000人）	約3,600人	
		新村	新村（約200人） 高頭（約400人)	約 600人	
		六合	六合村	約1,200人	
水道	虱婆聲船民(3)			約 1,000人左右	
虱婆聲人口合共					約23,870人

表八市中心的虱婆聲人口數字，是根據中老年人劉伯盛（1922年生於韶關市，虱婆聲人）、成為儀（韶師退休老師，1925年生於韶關市）、古茂蘭（退休老師，1913年生於韶關市，丈夫是虱婆聲人）、鄭愛芬（退休老師，1927年生於韶關市）、黃兆群（高中老師，1948年生於韶關市）、顧細財（韶關市幹部，1950年生於韶關市，水上居民）各人的估計而評估出1,000人。

(1) 良村村委會下屬有多個村民組，也稱為自然村，民眾慣稱為村。良村村委會祇有沙頭這個村是操虱婆聲。灣頭、蠟石、靖村三個村委會下全部自然村都是操虱婆聲，本文便不把其下屬所以自然村名稱列舉出來。下同。

(2) 市中心的方言人口由筆者自行調查，其餘材料是直接向當地鎮書記、村委會書記、治保主人、市中心辦事處直接採訪整理出來的，數據提供者不少還會操虱婆聲。

(3) 資料提供人為韶關水運公司駱金福（幹部）。他指出1999年操虱婆聲的船民（連家屬包括在內），韶關、樂昌總數將近4,000人，樂昌要比韶關多一點。樂昌2,500人以上，韶關也有1,000人左右。

根據鄭張尚芳〈廣東省韶州土話簡介〉一文分析，廣東北部土著話各地稱謂不一，除了一般按土名叫本地土話（如曲江的有「曲江話」之稱，韶關市區附近一帶的又稱「老韶關話」或「韶關話」）或「老話」外，韶關、曲江、乳源三地也稱「蝨乸話」、「蝨嫲話」和「蝨婆話」，連縣有「蠻話」、「阿別話」，水上居民有「船佬話」、「北江船話」，陽山有「貓仔話」等叫名，多帶貶義。這片市縣，古多屬韶州地，所以統稱之為「韶州土話」。韶州土話大概可分為三個小片。西北為連樂片、中部為曲江片、東北為南雄片。樂昌縣的北鄉話、長來話屬連樂片。曲江縣的白土、烏石、周田、犁市、梅村；韶關市區西郊的蝨婆話；韶關、樂昌、乳源的船話；仁化的石塘話；丹霞區的夏富話；董塘區安崗江頭話屬曲江片。仁化東部的長江話、扶溪話屬南雄片。[9]

鄭張尚芳劃分這三片，是根據全濁聲母在三片的讀法的差異表現而區分。連樂片是「並、定」二母不送氣，其他聲母送氣，另一方面，這片有些特點更近粵語一點。南雄片的南雄，在「並、定」二母都不送氣，烏徑、長江則是全送氣；曲江片方面，也是全送氣。最後，鄭張先生指出南雄、曲江兩片更接近客家話。

韶關虱婆聲人的來源，調查不容易，暫時知道的有侯姓從江西吉安太和遷來，[10]蕭姓從江西吉安太和馬家（州？）蕭百萬村遷來，[11]部分劉姓人，其開基祖從江西樟市鎮遷來，到他共七代，究竟是那個縣，那位合作人也說不清楚，主要是他那房人沒有地位，族譜不在手

9 鄭張尚芳〈廣東省韶州土話簡介〉漢語方言學會第四屆學術討論會論文（未刊稿）頁1~2。

10 侯忠信，筆者合作人，1924年出生，開基祖從江西吉安太和遷來韶關經商，到先生已經是前後八代。

11 蕭漢雄先生提供，40餘歲，稱祖上遷來到他祇是四代。

上，祇是從祖到父一代一代口頭相傳。至於灣頭盧姓、彭姓、李姓，是在明代洪武三年（1370年）先後從江西南昌遷來定居。上窰村彭姓、學沖文姓、向陽鄧姓祇能稱其祖上從贛南大碼頭遷來。[12]

韶州本城話的材料主要按本文需要擷取自黃家教、崔榮昌〈韶關方言新派老派的主要差異〉，[13]材料次序也按照需要作出前後調動。黃文所稱的韶關方言就是韶關話，也稱老韶關話、本城話，筆者下文一律統稱為虱婆聲。黃、崔師徒調查虱婆聲於1963年，[14]黃家教教授跟筆者表示那位老派合作人是一位中年老師（劉伯盛），生於1922年，新派是北江中學的一位高中學生。新派是指在韶關市區土生土長的青少年的語言特點。

筆者曾經在1988年調查一位本城人——侯忠信，生於1924年，開基祖從江西吉安太和遷來韶關經商，到侯忠信先生已經是前後八代。黃家教、崔榮昌調查的中年人，其開基祖從江西樟市鎮遷來韶關到他共七代，究竟是那個縣，黃家教老師稱那位合作人也說不清楚，主要是他那房人沒有地位，族譜不在手上，祇是從祖到父一代一代口頭相傳。筆者在本文擷取〈韶關方言新派老派的主要差異〉有用部分時，會在兩者不同表現地方同時加插侯氏特點作為比較；如果不加說明，就表示兩者相同。

1　新派虱婆聲特點

1.1 聲母方面

1.1.1中古泥母字唸成 l，但略帶鼻化。

---

12 林立芳、莊初昇、鄺永輝〈韶關市近郊「虱婆聲」的初步研究〉頁36。

13 黃家教、崔榮昌〈韶關方言新派老派的主要差異〉《中國語文》（北京市：中國社會科學出版社，1983年）第二期。頁99~108。

14 黃家教老師在1988年7月間跟筆者表示。

1.1.2 中古全濁聲母，不論平仄全讀清送氣，這點跟客家方言相同。例如：

鍵 k‘yŋ （群母）

白 p‘ɛʔ （並母）

絕 tʃ‘yʔ （從母）

1.1.3 中古溪母字，今多作 k‘ 和 h，客家方言也是這樣。兩者比較，讀 h 的，客家話不如新派虱婆聲多。如：「匡、確、肯、克、輕」等字，客家方言仍歸 k‘，韶關新派虱婆聲則更為接近廣州話。

1.2 韻母方面

1.2.1 以 a 為主要元音的韻母最多，而出現在「陰聲韻」和 ŋ 韻尾前頭的 a 實際音值是 a；出現在 n 韻尾前頭的 a，實際音值是 ɐ。例如：

黎（脂韻） lai^{21}	冬（冬韻） $taŋ^{213}$
真（真韻） $tʃɐn^{213}$	分（文韻） $fɐn^{213}$

真、分的讀音與廣州話相同[15]，不過 an 與 ɐn；uan 與 uɐn 在韶關虱婆聲裡不對立，而且是同一個音位。在廣州話裡， ɐ 跟 a 卻是對立的，且是兩個音位。

1.2.2 m 韻尾已經消失，還留有一點痕跡。an 韻來自咸、深兩攝，有的有-n、-m 兩讀。如：

15 黃家教、崔榮昌〈韶關方言新派老派的主要差異〉頁100指出耕韻的「轟」 $kuɐn^{21}$，韻母的讀音與廣州話相同。筆者相信這裡是弄錯，「轟」字，廣州話是 $kwɐŋ^{53}$。文中又稱真、分的「讀音與廣州話相同」，筆者認為衹可以稱接近，不同的地方在調值。

感　kan^{24}~kam^{24}　　　　深 $ʃan^{213}$~$ʃam^{213}$

感、深二字的 m 是舊因素的殘餘。

韶關、曲江白話咸深二攝字 -m、 -n 混讀變異現象，當中原因之一是虱婆聲人向白話進行轉移時，其母語的頑固特質殘餘在白話裡，故出現混讀現象。

1.2.3 新派虱婆聲韻母系統裡有一個特點，就是幾乎所有鼻音韻尾的韻母後頭都可以加上一個同部位或部位相近的塞音韻尾，黃家教先生稱這類來自陽聲韻的入聲為"陽入聲"，老派的韶關話是沒有"陽入聲"的。[16] 例如：

門　man^{2} ＞ $man^{t\,2}$　　　　盾　$t‘un^{2}$ ＞ $t‘un^{t\,2}$

網　$mɔŋ^{2}$ ＞ $mɔŋʔ^{2}$　　　　盆　$p‘uŋ^{2}$ ＞ $p‘uŋʔ^{2}$

1.2.4 新派的韶關話17個入聲韻母中有十四個收 ʔ 。17個入聲韻母是 aʔ、aiʔ、

auʔ、ɛʔ、ɛuʔ、ɛiʔ、uɛʔ、ɔʔ、ɔiʔ、ɔuʔ、iʔ、ik、iuʔ、uʔ、ut、uik、yʔ。以上各韻，有的是來自入聲字的，有的卻來自陰聲韻。例如：

路　$lɛuʔ^{4}$　　　　隊　$tɔiʔ^{2}$

---

16 1988 年夏天，筆者曾到中山大學向黃家教教授請益韶關話的問題，黃教授表示原稿並沒有把「入塞音」色彩的韻母系統稱「陽聲母」，加了塞音色彩的韻母系統稱「陽入聲」。「陽入聲」一詞表示與入聲不同，它的來源自陽聲韻，而原稿是用小字母 t 加在 n 後，如 $-n^{t}$ 。用 ʔ 加在 ŋ 後，如 ŋʔ。n^{t}、ŋʔ 的音值比 -n 、ŋ 要短要速。而《中國語文》編輯審議後，更改「陽入聲」為「陽聲韻B」，沒有加插塞音韻尾一系稱為「陽聲韻A」，而小字母 t、ʔ 與-n、-ŋ 同作大小字母。

反之，也有入聲韻轉化為陰聲韻。例如：

瀑	p‘ɛu^{22}	屑	ʃiu^{213}

1.2.5 新派的陰聲韻，有的是從中古陽聲韻、入聲韻演變來的。例如：

拼	puɐ^{24}	（梗攝青韻）	演	juɐ^{24}	（山攝獮韻）
賺	tʃ‘uɛ^{22}	（咸攝陷韻）	屑	ʃiu^{213}	（山攝屑韻）

2 老派虱婆聲的特點

1.1 聲母方面

1.1.1 n、l 不混。侯氏卻是 n、l 不分。

1.1.2 中古溪母字，一般只讀 k‘，客家話也是這樣。

1.1.3 中古「匣」母及部分「曉」母，老派一般讀 k 或 v，一些字讀成 f，一些唸h，甚至也有讀 k‘。老派讀作 k、k‘，是保存了更古的狀態。

1.1.4 中古「疑、日」母字、韻母是 i 或 i 開頭的，老派讀 ŋ，這一點近於客方言。

黃文認為老派虱婆聲聲母的讀法，接近客家方言。

1.2 韻母方面

1.2.1 m 韻尾已消失（相應部位的入聲韻尾 p 也消失）；收 n 和 ŋ 的，新派與老派有互換的；部分中古陽聲韻收 n、ŋ 的字，老派演變成陰聲韻。例如：

	敢(咸開一)	感(咸開一)	款(山合一)	戀(山合三)
老派	uɛ	uɛ	uɛ	yn
新派	uŋ	an	uŋ	uŋ

	墾(臻開一)	朋(曾開一)	彭(梗開二)	丙(梗開三)
老派	ɛ	aŋ	ɛ	ɛ
新派	an	an	an	in

	銘(梗開四)	轟(梗合二)	行(宕開一)	崇(通合三)
老派	ɛ	uɛ	ɛ	aŋ
新派	in	uan	an	un

1.2.2 沒有新派特有的「陽入聲」

1.2.3 老派的陰聲韻，一些字是從中古「入聲韻」字變來，一些是從中古「陽聲韻」轉來。例如：

給(山開三)	刷(山合三)	迫(梗開二)
uai	u	ɛi

砍(咸開一)	衫(咸開二)	孟(梗開二)
uɛ	ai	ɛ

1.3 聲調方面

老派具有一種中塞音，筆者調查的侯先生也有這種中塞音，邵慧君〈韶關本城話的變音〉[17] 進行過這方面調查，例如：

	本音	變音
隊	隊長 tɔi^{33}	軍隊 tɔʔɔi^{355}
眼	眼科 ŋuɐ^{55}	沙眼 ŋuɐʔɐ^{355}
筆	筆墨 paiʔ^{52}	毛筆 paʔai^{355}

17 邵慧君〈韶關本城話的變音〉（未刊稿）第七屆全國漢語方言年會論文，1993年7月。頁1~6。

邵慧君該文指出這種中塞變調的調值是[355]，筆者認為以寬式[35]處理也是可以的，筆者多年調查也是以[35]處理，今天為了可以配合莊初昇的大量虱婆聲的調查及調位的歸納作出一個好對比，筆者也改為[45]。

筆者發覺侯氏的中塞變調祇出現一種，跟邵慧君一樣，祇有一種中塞變調。細看黃文，是有兩種中塞變調，一種是來自陰平的中塞變調，一組來自非陰平的中塞變調。在曲江的白沙大村及白土中鄉也有兩種中塞變調，情況是白沙鎮大村跟白土鎮中鄉一致，這個跟地緣有關係。這兩地的中塞變調，一種是[45]，一種是[23]。

筆者就以白土中鄉為例，舉凡陰平、陰去、陰入及次濁上、全濁上的中塞變調為[23]，屬於一個低升變調，反之是一個高升變調。簡單總括，凡是來自陰聲調及濁上的中塞變調是低升調型[23]，來自陽聲調的中塞變調是高升調型[45]。

黃文的韶關老派虱婆聲跟白沙大村、白土中鄉有點不同。〈韶關方言新派老派的主要差異〉:「韻母中間夾著個 ʔ，聲調也隨著起了變化。陰平的調值就由降升調變成先低降後停頓，再中升。非陰平調的變化則為先低降後停頓，再中平。」[18]「這種怪音節是中間出現喉塞音，又非發音就此戛然而止，而是喉塞之後仍有餘音。這就像兩個音節緊連，而中間稍有停頓。陰平調是先降後略為停頓再中升，好像陰平和上聲的混合調。非陰平調則是先降後略為停頓再中平，好像陽平和陰去的混合調」[19] 這兩段話說得很清楚，老派的虱婆聲有兩個中塞變調，都是首先出現一個低降，其低降跟 ʔ 在韻母中間有關。黃文又稱降後略為停頓，會出現停頓，跟 ʔ 出現在韻母中間有關。處理中塞變調可以略去這個「前半部音節」的「先降」，祇用描寫其後的

18 黃家教、崔榮昌〈韶關方言新派老派的主要差異〉頁101。
19 黃家教、崔榮昌〈韶關方言新派老派的主要差異〉頁103。

中升和中平。中升就是[35]，中平就是[33]。

筆者在上文稱白土中鄉凡是來自陰聲調的中塞變調是低升調型[23]，來自陽聲調的中塞變調是高升調型[45]，事實上，有些字凡是來自陽聲的，便出現韶關老派虱婆聲中塞變調的中平[33]。例如：

婦(全濁上) $fu?u^{33}$　　尾(次濁上) $ma?ai^{33}$

軟(次濁上) $mu?uŋ^{33}$　　網(次濁上) $mɔ?ɔŋ^{33}$

筆者在曲江縣調查了數個虱婆聲方言點，除了樟市鎮流坑村委會中村新鄧屋沒有中塞變調——跟鄧屋村民的開基祖從江西南昌府豐城縣樟樹巷大碼頭原居地可能有密切關係，詳見表六贛語宜瀏片的中塞特點。

筆者調查侯氏，衹有一個中塞變調，邵慧君博士也如是，莊初昇調查武江區西河鎮朝陽村委會上窰村的虱婆聲，也是衹有一個中塞變調，雖然我們描寫不同，一些是[355]，一些是[35]，一些是[45]，總是由中而起的升調型。

第三節　韶關白話[20]

1　聲韻調系統

1.1 聲母 19 個，零聲母包括在內

p 報遍玻簿	p‘ 破彭譜片	m 磨美忘麥			
				f 呼課撫扶	
t 短帝罰電	t‘ 土聽同填		l 鑼李年奴		
tʃ 進債舟在	tʃ‘ 秋創車呈			ʃ 小所扇尚	j 越妖惹宜
k 改驕件江果	k‘ 曲給求狂眶戈枯	ŋ 外鵝咬魏			
kw 乖君季跪	kw‘ 跨坤葵昆				w 戶環威往
ø 愛亞晏暗				h 開嫌戲下	

1.2 韻母 52 個，包括 1 個鼻韻韻母。

---

20 主要發音人為關倩俊。由於她與各合作人於咸深山臻諸攝都有一種自由變讀的特點，她最能反映這現象，便以她作為分析對象。

i 枝絲袍死		iu 苗照要掉		im 閃炎劍甜	in 鮮片檢點聯犬		ip 獵摺涉協	it 列節劫貼缺	
y 豬處舒預					yn 團卷淵存			yt 奪絕越穴	
(e)	ei 婢死氣尾痱					eŋ 升聲定永			ek 直昔笛域
ɛ 且車社爺						ɛŋ 餅井頸聲			ɛk 劇石吃笛
œ 靴朵						œŋ 量帳洋雙			œk 雀綽藥琢
a 把差蝦誇	ai 介牌太淮	au 飽找膠校較(比較)貿		am 探覽暫斬含	an 旦艱頒還貪站撼	aŋ 彭棚橫生埂	ap 搭蠟夾合	at 達八猾答責	ak 魄或塔鴿抹伐墨
(ɵ)			ɵy 據聚退水		ɵn 信盾順閏			ɵt 律恤出述	
(ɐ)	ɐi 敝迷窺貴膩	ɐu 投口柳幽較(較好)		ɐm 暗林深禁函	ɐn 跟貧魂聞甘層陷榛	ɐŋ 生朋耕宏孟	ɐp 盒立濕級峽	ɐt 匹姪一倔塞執匣	ɐk 默勒克麥賊
u 古護斧輔	ui 杯每潰繪				un 搬灌換悶			ut 撥沫活沒	
(o)		ou 布蘇毛掃				oŋ 凍農馮用			ok 讀屋足欲
ɔ 左座和初	ɔi 代材海外				ɔn 肝趕汗按	ɔŋ 忙壯往腔窗孀		ɔt 割葛渴喝	ɔk 作閣駁獲

(鼻韻)　m̩　唔吳伍悟

1.3 聲調

調類	調值	例字
陰平	55	拖蛙拘蜘秋村
陽平	21	徒狐牌黎移文輛飼
陰上	35	鎖譜煮柿考鮮
陽上	13	努宇美語刎婦市已
陰去	33	過瀉沛慰富欠罵婦市
陽去	22	慕衛具匯隊視夏餞婦市
上 陰入	5	濕膝逼祝克剔
下 陰入	3	搭割察攝託踢踏傑峽
陽入	2	獵碟鑿勒譯辱

2 語音特點

2.1 聲母方面

2.1.1 [n l]不分。

韶關粵語[n l]不分，古泥（娘）母字不像廣州話那樣[n l]分明，凡古泥來母字，一概讀 [l]。老、中、青在這方面是很一致。例如：

難(泥) lan^{21}=蘭(來) lan^{21}　　耐(泥) lou^{13}=老(來) lou^{13}

女(泥) $løy^{13}$=呂(來) $løy^{13}$　　南(泥) lam^{21}=籃(來) lam^{21} ~lan^{21} ~lan^{21}

2.1.2 [kw k]不分和[kw‘ k‘]不分。

唇化音聲母[kw kw‘]與[ɔ]系韻母相拼，絕大部分人傾向消失圓唇[w]，讀成[k k‘]，衹有少數人部分字還保留弱化的圓唇[w]。從整體來說，韶關市區老、中、青三種不同年齡層次的白話人，圓唇[w]趨向消失，保留弱化的圓唇[w]的人佔少數，一般讀成 k、k‘。例如：

戈 ＝ 哥 $kɔ^{55}$	國 ＝ 角 $kɔk^{3}$
礦 ＝ 抗 $k‘ɔŋ^{33}$	廓 ＝ 確 $k‘ɔk^{3}$

2.1.3 部分古溪母字的變讀。

廣州、韶關、曲江縣白話鎮古溪母字主要讀音為[h]，差別地方是韶關、曲江縣白話鎮不少人會出現交叉兼讀成[k‘]，馬垻跟韶關相比，韶關這類兩讀字在數量相對為多。這種一字二讀是聲母的自由變體，並沒有詞義上的差別。例如：

	敲(開)	砍(開)	枯(合)	匡(合)
韶關	hau^{55}~$k‘au^{55}$	$hɐm^{35}$~$k‘am^{35}$ ~$k‘ɐn^{35}$~$k‘an^{35}$	fu^{55}~$k‘u^{55}$	$hɔŋ^{55}$~$k‘ɔŋ^{55}$
廣州	hau^{53}	$hɐm^{35}$	fu^{53}	$hɔŋ^{53}$

這類中古溪母字，在客家話和老派的韶關話裡是讀 k‘。以上的字出現兼讀，是韶關虱婆聲人及客家人轉移其母語後，其母語特徵殘留下來的痕跡，也是說韶關粵語含有韶關話、客家話的特點，不妨稱之為土味白話、客味白話。這方面的特點，老、中、青三方面是一致的。

2.2 韻母方面

2.2.1 [a ɐ]互混交替

韶關市區粵語跟穗港粵語同屬廣府片語音體系，[a ɐ]是對立的。不同之處，主要變異是部分字出現[a]、[ɐ]互混不分。

這方面的互混交替有兩種形式，一種是[ɐ]跟[a]交替，一種是[a]跟[ɐ]混讀。上文曾經詳細提及曲江白話方言這種特點，不單馬壩鎮如此，曲江縣其餘的白話鎮也出現這種現象。

1 [a　ɐ]互混交替這種情況分述如下：

[ɐ]跟[a]交替

廣州話[ɐ]類韻母

	坎咸開一	含咸開一	恆曾開一
韶關	han^{35}	ham^{21}~han^{21}	$haŋ^{21}$
廣州	$hɐm^{35}$	$hɐm^{21}$	$hɐŋ^{21}$

	乏咸合三	拔山開二	筏山合三
韶關	fak^{2}	pak^{2}	fak^{2}
廣州	$fɐt^{2}$	$pɐt^{2}$	$fɐt^{2}$

	墨曾開一	陌梗開二	麥梗開二
韶關	mak^{2}	mak^{2}	mak^{2}
廣州	$mɐk^{2}$	$mɐk^{2}$	$mɐk^{2}$

黃家教、崔榮昌〈韶關方言新派老派的主要差異〉，該文提及新派韶關虱婆聲的主要元音 a 有一個特點，當 a 出現在「陰聲韻」和 ŋ 韻尾前，a 的實際音值是 a；出現在 n 韻尾前的 a，實際音值卻是是 ɐ。

韶關白話[ɐ]跟[a]交替互混，是元音的變體，跟韶關虱婆聲有關係。在上一章裡，筆者指出曲江縣的白話[ɐ]跟[a]交替的現象，跟曲江虱婆聲有關，還舉出白沙大村、重陽船話、周田船話虱婆聲 a 的元音變體作證，指出當地虱婆聲的 ɐn 與 an、ɐŋ 與 aŋ 並不對立，都是同一個音位。在廣州話裡，ɐ 跟 a 對立，是兩個音位。

曲江如此，韶關也是如此，韶關白話[ɐ]跟[a]交替的元音的變體現象，跟虱婆聲有關係。韶關白話[ɐ]跟[a]交替的元音的變體現象具有普遍性，不是孤立，也不是一種演化。

2 [a]跟[ɐ]混讀

廣州話[a]類韻母。

	膨梗開二	坑梗開二	烹梗開二
韶關	$p‘ɐŋ^{21}$	$hɐŋ^{55}$	$p‘ɐŋ^{55}$
廣州	$p‘aŋ^{21}$	$haŋ^{53}$	$p‘aŋ^{53}$

長元音[a]出現短元音[ɐ]的變體讀音，這種特點不是韶關獨有，在曲江的白話是常見的現象，跟操客家話的人進行語碼轉換粵語有密切關係。

在上一章裡，筆者已經指出曲江縣的白話[a]跟[ɐ]這種交替現象，跟當地客家話有關。曲江客家話沒有[ɐ]這個音位，馬壩客家話卻出現不少人把[a]說成[ɐ]，特點是隨意的，不穩定的，屬於個人色彩，不是某一個字一定會如此說，也不構成對立。表五已列出多個曲江縣鄉鎮客家話陽聲韻、入聲韻前頭的[a]，部分可以變讀成[ɐ]，不構成對立，衹屬於一個音位兩個變體，不引起詞義變化。

韶關方面，也有這種現象。筆者曾經調查湞江區新韶鎮一位老人，他的客家話 a 也出現一種音變，是一種無條件的音變現象。其客家話在陽聲韻、入聲韻前頭的[a]，部分可以變讀成[ɐ]，不構成對立，屬於一個音位兩個變體，不引起詞義變化。例如：

韶關湞江區塓地村	銜 han^{24}~ hɐn^{24}	含 han^{24}~ hɐn^{24}
馬垻鞍山葉屋	鹹 haŋ^{24}~hɐŋ^{24}	彭 p‘aŋ^{24}~p‘ɐŋ^{24}
白沙龍皇洞莊村	蛋 t‘aŋ^{31}~t‘ɐŋ^{31}	烹 p‘aŋ^{44}~p‘ɐŋ^{44}
白土油坪塘夫村	蛋 t‘aŋ^{31}~t‘ɐŋ^{31}	巖 ŋaŋ^{24}~ ŋɐŋ^{24}
羅坑羅坑謝屋	沓 t‘ap^{5}~t‘ɐp^{5}	蠶 ts‘am^{24}~ts‘ɐm^{24}
楓灣步村塘角夫	挖 vat^{1}~ vɐt^{1}	浴 ts‘ak^{5}~ts‘ɐk^{5}
烏石烏石成屋	欖 laŋ^{31}~ lɐŋ^{31}	衫 sam^{44}~ sɐm^{44}
烏石展如賴屋	耽 taŋ^{44}~ tɐŋ^{44}	
周田較坑涯婆石村	八 pat^{1}~ pɐt^{1} [21]	

筆者在1987年開始，除了跟一些年長的發音人記音外，也請他們談談當年中洲半島（舊縣城）、西河垻、東河垻的方言情況，包括方言轉移情況。也利用一些空閒時間到當地老人活動中心，跟他們聊天，話匣子離不開方言分佈和方言轉移情況。他們當中有些本是客家人、虱婆聲人，已經操一口好當地的白話。部分稱其祖父已經懂白話，跟兒孫交談，已經常用白話。在了解過後，筆者明白這種韶關白話[a ɐ]互混交替，跟這些人的方言轉移有一定關係。祇是當年可以運用的材料太少，調查不夠深入，不能區分韶關白話[ɐ]跟[a]交替互混是跟韶關虱婆聲有關，[a]跟[ɐ]交替互混是跟客家話有關，當年的碩士論文便混雜一起來說。

方言的變異是一種互動的現象，跟社交有密切關係。起初祇是當地虱婆聲人、客家人認為需要便學習白話，有的是為了備用，有的是

21 烏石展如賴屋及周田較坑涯婆石村調查時間較短，這種現象例子暫時祇找出一個。

基於經濟活動買賣的需要而學習白話。當年操韶關整個經濟命脈是廣府人，從事最大幫的生意買賣也是廣府人，當地人自然視白話為其學習對象。舊縣城及東西河兩壩地（旱地）的土著，需要經常接觸白話人，因此往往轉移其母語，改用一種強勢方言。經過多代，舊縣城及東西河兩壩地（旱地）的土著的新生代操白話人數擴大了許多，但他們原來母語改不掉的頑固特點便殘留在其目的語（白話）裡。加上經濟接觸，生計用品交易，人與人社交接觸，白話人的白話也因為這種特殊的方言接觸而變異了，並不是白話出現自然的演變。

[a　ɐ]互混交替在白話人的音系裡靜靜地起了變異，起初都是從小範圍內開始發生。開始時候，可能是白話人跟已經轉移方言的土著進行了頻密社交、經濟活動接觸，白話人日常生活常用語少數幾個常用詞開始因方言接觸而不自覺從開始轉移用帶著土話味白話的口音，或者可以說，土著的新生代說的土味白話口音反滲透過來，結果白話人的白話也不自覺起了變異。

這種情況，在今天還存在。在新與舊的形式之間，本籍遷自珠江三角洲一帶的廣府話人，同一個說話人，許多時發現其白話音系有一種搖擺不定的變動，這是變異開始時的特點，當新形式超過了舊形式，新形式擴散到一定數量的詞上去的時候，起初的原始變化就進入急驟遞增階段，最後便會步入穩固狀態。

[a　ɐ]互混交替的音變，筆者認為是在很早時期便開始在白話人個人言語裡因語言接觸而不自覺受到反滲透而出現一連串有關連的變化，最後，便由少數詞開始的變化逐步擴大範圍，擴散到其他有關的詞中去。

2.2.2 聲化韻[ŋ̍]多歸併入[m̩]。

「吳、蜈、吾、梧、五、伍、午、誤、悟」九個字，廣州話為

[ŋ̍]，韶關方面，只有「五、午」二字還有部分人可以讀成[ŋ̍]，這類聲化韻[ŋ̍]字已趨向歸併入[m̩]。

區		合作人	五			午		
			ŋ̍	m̩	ŋ̍~m̩	ŋ̍	m̩	ŋ̍~m
青年人	湞江區	劉潔婷		+			+	
	北江區	譚偉珍	+			+		
		鄧文英		+				+
		馬文英		+			+	
		廖國宏		+			+	
	武江區	謝志敏		+			+	
		胡景文		+			+	
		溫祖娟		+			+	
中年人	湞江區	楊潤嬌		+			+	
	北江區	梁小芹		+				+
		潘建文		+			+	
		關倩俊		+			+	
	武江區	黃兆群	+			+		
		胡國雄		+			+	
老年人	北江區	蔡學群		+				+
		李振中		+			+	
		何世棠		+				+

2.2.3 古咸、深攝開口一、二等，深攝三等尾韻的變異

韶關白話裡，舉凡古咸、深攝開口一、二等，深攝三等尾韻，部分人某些字可以保留[-m　-p]的特點，出現變異部分跟方言接觸有關係。

這方面的變異，有些字是[-m~-n]、[-p~-t]兩讀。部分入聲尾韻更併入[-k]，形成[-p~-t]、[-t~-k]兩讀，部分人更有[-p~-t~-k]三讀。[22]這種混讀變異現象，入聲尾韻的變異顯得比陽聲尾韻豐富多樣。例如：

	欖咸開一	喊咸開一	暗咸開一	撼咸開一	感咸開一
韶關	lan^{13}	ham^{33} ~han^{33}	ɐm^{33}	han^{33}	kɐm^{35}~kan^{35} ~kɐn^{35}
廣州	lam^{13}	ham^{33}	ɐm^{33}	hɐm^{33}	kɐm^{35}

	監(太監)咸開二	咸咸開二	嵌咸開一
韶關	kam^{33}	ham^{21} ~han^{21}	hɐm^{33}~hɐm^{22} ~hɐn^{33}
廣州	kam^{33}	ham^{21}	hɐm^{33}

	搨咸開一	答咸開一	雜咸開一	鴿咸開一	磕咸開一	蛤咸開一
韶關	t‘ap^{3} ~t‘at^{3}	tat^{3} ~tak^{3}	tʃap^{2} ~tʃat^{2} ~tʃak^{2}	kat^{3} ~kak^{3}	hɐp^{2} ~hɐt^{2}	kap^{3}~kak^{3} ~kɐp^{5}~kɐt^{5}
廣州	t‘ap^{3}	tap^{3}	tʃap^{2}	kɐp^{3}	hɐp^{2}	kɐp^{3}

	監(監視)咸開二	站咸開二	衫咸開二	嵌咸開二
韶關	kam^{33}	tʃan^{22}	ʃam^{55} ~ʃan^{55}	hɐm^{22}~ham^{33} ~hɐn^{33}
廣州	kam^{33}	tʃam^{22}	ʃam^{53}	hɐm^{22}

22 詳細情況，參看下章各表。

	插咸開二	鴨咸開二	恰咸開二
韶關	tʃ'at³ ~tʃ'ak³	ap³~at³ ~ak³	hɐp⁵~hɐt⁵
廣州	tʃ'ap³	ap³	hɐp⁵

	簪深開三	撳深開三	賃深開三	嬸深開三
韶關	tʃam⁵⁵ ~tʃan⁵⁵	kɐm²²	jɐn²²	ʃɐm⁵⁵~ʃɐn⁵⁵
廣州	tʃam⁵³	kɐm²²	jɐm²²	ʃɐm⁵³

	集集開三	習深開三	汁深開三	嬸深開三
韶關	tʃat²~tʃak²	tʃap²~tʃat² ~tʃak²	tʃɐt⁵	ʃɐp⁵~ʃɐt⁵
廣州	tʃap²	tʃap²	tʃɐp⁵	ʃɐp⁵

2.2.4 古咸攝開口三、四等尾韻的變異

咸攝開口三、四等[m　p]尾韻的變異，韶關一般傾向[n　t]為主，或是[im]~[in]、[ip]~[it]兼讀。這點跟馬壩鎮有點不同。

	潛咸開三	簾咸開三	點咸開四	嫌咸開四
韶關	ts'in²¹	lim²¹ ~lin²¹	tin³⁵	him²¹ ~hin²¹
廣州	ts'im²¹	lim²¹	tim³⁵	jim²¹

	接咸開三	攝咸開三	疊咸開四	協咸開四
韶關	tʃit³	ʃit³	tit²	hip³~hit³
廣州	tʃip³	ʃip³	tip²	hip³

2.2.5 咸攝合口三等乏韻非組、山攝開口一二等、合口二三等、臻攝開口三等入聲字的變異，基本上是把舌尖塞音尾韻[-t]讀成舌根塞音尾韻[-k]，形成[at]有[at]、[ak]兩讀，[ɐt]有[ɐt]、[at]、[ak]一字數韻交叉兼讀現象。例如：

	法咸合三	乏咸合三	薩山開一
韶關	fat³~fak³	fɐt²~fak²	ʃat³~ʃak³
廣州	fat³	fɐt²	ʃat³

	殺山開二	拔山開二	猾山合二
韶關	ʃat³~ʃak³	pɐt²~pak²	wat²~wak²
廣州	ʃat³	pɐt²	wat²

	發山合三	筏山合三	弼臻開三
韶關	fat³~fak³	fɐt²~fak²	pɐt²~pak²
廣州	fat³	fɐt²	pɐt²

2.2.6 曾攝開口一等，梗攝開口二等字的變異

曾攝出現變化較大較多，梗攝變化較少。不單曲江如是，韶關也如是。例如：

	登曾開一	崩曾開一	羹梗開二
韶關	tɐŋ⁵⁵~tɐn⁵⁵	pɐŋ⁵⁵~pɐn⁵⁵	kɐŋ⁵⁵~kaŋ⁵⁵~kɐn⁵⁵
廣州	tɐŋ⁵³	pɐŋ⁵³	kɐŋ⁵³

	更(更加)梗開二	默曾開一	黑曾開一
韶關	kɐŋ³³~kɐn³³ ~mak²	mɐk²~mɐt²	hɐk⁵~hak⁵~hɐt⁵

廣州	$kɐŋ^{33}$	$mɐk^{2}$	$hɐk^{5}$
	陌梗開二	脈梗開二	扼梗開二
韶關	$mɐk^{2}$~mak^{2}~$mɐt^{2}$	mak^{2}~$mɐt^{2}$	$ɐk^{5}$~ak^{5}~$ɐt^{5}$
廣州	$mɐk^{2}$	$mɐk^{2}$	ak^{5}

從韶關白話咸攝開口一、二等[am][ɐm][ap][ɐp]、深攝三等[ɐm][ɐp]一類字還保留古咸、深攝尾韻的特點，方言接觸對這方面影響較慢。咸攝開口三、四等[im][ip]尾韻大部份變異成[in][it]，這方面變化速度則較快。可以說，方言接觸後，異方言的某些頑固特質會出現在目的語，擴散卻有快慢。這方面的表現，不獨韶關如此，馬壩及其各鎮的白話也如此。

2.3 聲調方面

韶關白話「濁上變去」的字比廣州話多一點，部分陽去混入陰去，陰去混入陽去，陽入混入下陰入，出現一字二調的自由變讀現象。

2.3.1 陽去混入陰去的變讀

韶關白話出現部分陽去字混入陰去，或陽去陰去交叉兼讀，形成一字二調自由變讀現象，這點跟虱婆聲陽去變體有關。

虱婆聲次濁上變陰去，其調位調值是[44]（在五度制中44跟33很接近）；全濁上則變陽去，陽去是一個低去，調位調值為一般為[22]，一些卻是[33]。由於其陽去可以出現一個調位兩個變體（[22]~[33]或是[33]~[22]），在方言接觸時，虱婆聲人便不經意把這種在其音系中不產生辨義作用的習慣特點保留下來，並且放在其目的語白話裡，由韶關打到曲江縣各白話的鄉鎮白話，便產生陽去混入陰去的情況。參看表七。

韶關白話陽去混入陰去的變讀舉例如下：

	罵	豔	誓
韶關	ma^{33}	jin^{33}	$ʃɐi^{33}$
廣州	ma^{22}	jim^{22}	$ʃɐi^{22}$

2.3.2 陰去混入陽去

	恕	賦	餞
韶關	sy^{22}	fu^{22}	$tʃin^{22}$
廣州	sy^{33}	fu^{33}	$tʃin^{33}$

2.3.3 全濁上變去的變讀

由於有陽去、陰去交叉混讀這種特色，全濁上變陽去的字，也會變讀成陰去。

	緒	婦	市
韶關	$ʃɵy^{13}$~$ʃɵy^{22}$	fu^{13}~fu^{22}~fu^{33}	$ʃi^{13}$~$ʃi^{22}$~$ʃi^{33}$
廣州	$ʃɵy^{13}$	fu^{13}	$ʃi^{13}$

韶關「全濁上變去」的字要比穗港的白話多，實在不是繼續按著「濁上變去」演變規律進行演變，而是跟當地的虱婆聲有關。筆者就以「婦」字為例說明因由。

「婦」字中的[13]調值，是來自白話本身，也跟一些地方的虱婆聲有關。像韶關的虱婆聲「婦」字變調後是一個中塞的中升調[35]，筆者當年記錄時也是以 [35]處理，邵慧君博士是以[335]處理，黃文用「中升」一語，實在就是一個中升調[35]。「婦」字中的[13]調值，跟虱婆聲中塞變調的中升調[35]有關，這是一個上升的調型，祇不過是「低升」而已。

韶關、曲江的白話人「婦」字表現[22]、[33]交叉混讀，是跟虱婆聲有關，並不是當地白話的一種演變，祇是一種方言接觸的表現現象，是虱婆聲的頑固特質殘留在白話，形成全濁上變去的虛假現象。這種全濁上變去是來自虱婆聲，不是當地白話的全濁上聲增加變濁去的大隊中去。筆者當年看不透，加上沒有進行大量虱婆聲的調查，錯覺認為是韶關當地白話按照演變規律，出現一批新全濁上變去。

筆者在下列舉一些虱婆聲方言點「婦」字讀音，留意其調值，再聯想該虱婆聲人轉移母語後，其目的語白話會是怎樣的，心中應該可以得到一個結論。

	婦全濁上
韶關本城話	fuʔu^{45}
重陽船話	fu^{33}
周田船話	fu^{33}
樟市新鄧屋	fu^{33}
白沙大村	fu^{33}
白土中鄉	fuʔu^{33}~fu^{44}
梅村竹兜灣	fu^{22}
梅村水尾村	fu^{22}

從「婦」字，便可以了解韶關、曲江各鎮白話的「濁上變去」，陽去混入陰去，陰去混入陽去，陽入混入下陰入，都是虱婆聲人在過去250年來操著虱婆聲味的白話不斷向白話人反滲透的一種表現。方言是經常互動影響的，沒有絕對單向影響。

2.3.4陽入混入下陰入

	僕	額	撥	踏
馬垻	pok²~p‘ɔk³	ŋak²~ŋak³	put²~put³	tap²~tat² ~tak²~tat³
廣州	pok²	ŋak²	put²	tap²

上一章分析曲江虱婆聲的入聲，曾經指出曲江虱婆聲的陽入部分呈現不穩固，出現一個調位兩個變體，是一種無條件的自由變體音變現象。在韶關方面，筆者調查的材料不多，暫時未察覺在陽入方面出現這種音變。

不論是筆者調查的曲江縣各鎮白話，不論是韶關白話，不論是樂昌白話，這一市二縣的白話陽入混入下陰入，跟虱婆聲的陽入出現一個調位兩個變體有緊密的關係。在表七裡，筆者曾經列舉曲江重陽船話、周田船話、樟市新鄧屋、白沙大村、白土中鄉、梅村竹兜灣、梅村水尾村各地的虱婆聲陽入都出現一個調位兩個變體，就是[2]~[3]不分。

當虱婆聲人向白話目的語進行轉移，其母語超音段的頑固陽入音變特質便會殘留在白話，形成白話部分字陽入跟下陰入不分，兩者的調值出現互相交替。

在表五中，筆者列出曲江鞍山村委會和樂村葉屋、馬垻鎮陽崗村委會上何村、新村村委會馬屋、馬垻村委會石灣村（別名下門村）、犁市鎮犁市村委會下陂坪石村、白土鎮油坪村委會塘夫村陳屋、白沙鎮龍皇洞村委會下莊村的客家話陰入調值出現一個調位兩個變體。曲江縣的客家話陰入調值是[1]，以上的鄉鎮客家話陰入部分字出現[1]~[3]這種無條件的音變變體。當這部分客家人向白話目的語進行轉移，其母語這種超音段的頑固特質便會殘留在白話，形成白話部分字陽入跟下陰入不分，兩者的調值出現互相交替。

趙杰《北京話的滿語底層和「輕音」「兒化音」探源》說：「既然超音段成分有自主的運作規律，附加發音特徵層也有獨立的調整功能。滿語從祖語女真語到進關轉換成旗人漢語，語言雖然有了大的變動，但其根深蒂固於心裡的發音習慣卻像薩丕爾（Wdward Sapir, 1884-1939）說的語言潛流（drift）一樣，不露聲色、不知不覺地流入目的語中。」[23]

韶關、曲江縣各鎮的白話陽入混入下陰入，是當地虱婆聲的陽入及當地客家話的陰入具有一種無條件的音變變體，這種變體在他們轉移母語後，便不知不覺地流入目的語中。

23 趙杰《北京話的滿語底層和「輕音」「兒化音」探源》（北京市：北京燕山出版社，1996年3月）頁205。

第五章
結論——韶關市區粵語變異原因

語音變化並非由單一種原因產生，而是與多種因素有關，有些涉及語言結構的性質，有些跟社會性質有關，兩者都存在著一種共變關係。筆者認為韶關的白話語音變異跟語言分化無關，本文從語言接觸進行分析韶關城區白話變異的原因。

語言接觸可以分為自然接觸與非自然接觸兩種。自然接觸指在同一地域內不同語言變體相互間的接觸；非自然接觸指不同地域國度的人民，通過文字傳播或文獻翻譯而開展接觸。[1]韶關的變異白話是跟不同漢語變體作出接觸而產生，這是語言接觸的自然接觸。

上述各章已經通過韶關白話與廣州話差異的分析，清楚揭示韶關白話跟廣州話對比，祇是「語言內部結構變異」，也揭示了韶關舊縣城的經濟發展在過去250年出現「社會經濟結構變異」，這種「社會經濟結構變異」對語言結構產生影響，改變了當地土著方言堅守的祖訓——寧賣祖宗田，不賣祖宗言。[2] 在本章裡，筆者主要從語言接觸的多方面去剖析導致韶關粵語變異的原因，並以此總結全文。

1 陳保亞《語言接觸與語言聯盟——漢越（侗台）語源關係的解釋》（北京市：語文出版社，1996年7月）頁8。

2 林立芳、莊初昇、鄺永輝〈韶關市近郊「虱婆聲」的初步研究〉頁36。

第一節　家庭成員方言組合的影響

筆者在韶關、曲江調查當地白話的變異時，發現語音，尤其是陽聲尾韻、入聲韻尾的變異，跟家庭成員方言組合有密切關係。家庭內部成員有各種不同的組合，是每一個人最基本、最早、最長期的語言接觸。

筆者在調查時，嚴格自行挑選合適的發音人，不接受當地單位隨意調動工作人員給與配合。筆者不單嚴格挑選遷來已有三代或以上的白話發音人，還要求該人的家庭內部必須運用白話作為交談唯一語言。跟著，筆者便在能力範圍內，進行挑選發音人原來的祖語不同組合（不是絕對找到的）家庭，還注意母親一方的語言。筆者認為不同的組合下，同是三代操白話的人，同類組合式的白話人家庭，即使有差異（一定有差異），變異項的傾向性也大致相同或接近。不同組合的白話家庭，其變異項會出現不同。

下列是曲江馬垻鎮及韶關白話陽聲尾韻、入聲韻尾的變異情況，筆者不多用文字去敘述，祇把兩地的咸深山臻曾梗（兼入聲）各攝的陽聲尾韻、入聲韻尾變異用表及數字作出對比，這比單用文字描述為清晰。

下列各表，筆者祇列出曲江馬垻鎮及韶關陽聲尾韻、入聲韻尾的變異情況，沒有把曲江縣的烏石鎮、大坑口鎮、白土鎮街道、白土鎮孟洲垻、白土鎮烏泥角的白話一起分析。主要是那些鄉鎮白話的特點跟馬垻差不多（也有其一些特點，祇是不多而已），變異程度跟不上縣城馬垻鎮人口流動所形成的複雜，筆者目的是將曲江縣的新舊縣城作出比較。

筆者在韶關、曲江所挑選的人，有來自珠江三角洲的白話人家庭，有客家人已經轉移客家話並操了三代或以上白話的家庭，有虱婆聲人已經轉移虱婆聲並操了三代或以上白話的家庭，他們的白話變異情況各有不同。

在曲江馬埧鎮方面，筆者長期觀察、追蹤五個發音人（他們分別是張景雄、張崢、曾偉杰、黃琪蓉、廖佩芳；韶關方面，長期追蹤反覆調查，合作人是關倩俊老師），他們的父母原方言都是白話。一個發音人的父親為白話人，母親是客家人，其母親在發音人家庭內祇操白話。一個發音人的父母親同是客家人，他們的家庭內部也是祇操白話。在下列各表，便可以看到其差異之處。

在韶關方面，筆者除了如此挑選發音人，還找到一些已經多代轉移操白話的虱婆聲人作為發音人。下列表中，韶關方面沒有像馬埧鎮這樣列出來，跟部分材料還留在當地，無法取回有關。

筆者在曲江馬埧及韶關尋找遷自珠江三角洲同一地方的後人作為重點調查，並且作出多年反覆調查，目的是看在異地生活的白話人後代，在方言接觸中，其白話有何變異。馬埧鎮及韶關的發音人都是來自番禺的早期移民後代。前兩章的白話音系，便是他們的音系。

下列各表，上表主要精細指出某類攝呼等調查字的讀音分佈。同頁下表，是根據同頁上表歸納其變異趨向的輔音韻尾再作出簡化歸類，方便分析及討論。

表九

韶關、馬壩鎮白話咸攝開口一、二等[am]尾韻變異情況							
調查字	耽貪探潭譚南男簪參慘蠶函擔膽擔談痰淡藍籃覽攬欖濫 纜慚暫三喊站斬讒饞尷減咸鹹陷餡攙衫監鑑監巖銜艦						
發音人		關倩俊	廖佩芳	張景雄	張崢	曾偉杰	黃琪蓉
父親	原籍	番禺	佛岡	番禺	番禺	順德	曲江龍歸
	方言	白話	白話	白話	白話	白話	客家話
遷來時間		三代	三代	四代	五代	三代	三代
母親	原籍	順德	曲江濛溪	英德縣城	烏石街道	順德	曲江鳳田
	方言	白話	客家話	白話	白話	白話	客家話
家中老幼上下交談方言		白話	白話	白話	白話	白話	白話
am=am		1	2	25	7	1	0
am>-an		8	29	8	9	37	43
am>am~an		35	1	13	30	8	2
am>-an~-aŋ			8	1			
am>-aŋ			6				
am>ɐm~an		1				1	
am>ɐm				1			1
am>am~ɐm~an							
am>an~ɐn			1				
am>am~ɐm					1		
am>am~ɐm~an~ɐn		2					
am>an~in							1
總數		47	47	47	47	47	47

「~」表示自由變讀，下同。

表十　表九簡化表

韶關、馬壩鎮白話咸攝開口一、二等[am]尾韻變異情況							
發音人		關倩俊	廖佩芳	張景雄	張崢	曾偉杰	黃琪蓉
父親	原籍	番禺	佛岡	番禺	番禺	順德	曲江龍歸
	方言	白話	白話	白話	白話	白話	客家話
遷來時間		三代	三代	四代	五代	三代	三代
母親	原籍	順德	曲江漳溪	英德縣城	烏石街道	順德	曲江鳳田
	方言	白話	客家話	白話	白話	白話	客家話
家中老幼上下交談方言		白話	白話	白話	白話	白話	白話
am=*-m		1	2	26	8	1	1
am>*-n		8	30	8	9	37	44
am>*-m~*-n		35	1	13	30	9	2
am>*-n~*-ŋ			8	1			
am>*-ŋ			6				

表十一

韶關、馬壩鎮白話咸攝開口一、二等[ɐm]尾韻變異情況							
調查字	感堪砍勘含撼憾庵隶暗甘柑敢橄嵌						
發音人		關倩俊	廖佩芳	張景雄	張崢	曾偉杰	黃琪蓉
父親	原籍	番禺	佛岡	番禺	番禺	順德	曲江龍歸
	方言	白話	白話	白話	白話	白話	客家話
遷來時間		三代	三代	四代	五代	三代	三代
母親	原籍	順德	曲江滃溪	英德縣城	烏石街道	順德	曲江鳳田
	方言	白話	客家話	白話	白話	白話	客家話
家中老幼上下交談方言		白話	白話	白話	白話	白話	白話
ɐm=ɐm		1		7	6	6	2
ɐm>am				2	1		
ɐm>-ɐn			4		1	1	7
ɐm>-an		1	2	2	1		2
ɐm>ɐm~ɐn		7			2	5	2
ɐm>ɐm~an					2	2	
ɐm>am~an			1	2	1		
ɐm>ɐn~an			1				2
ɐm>ɐm~ɐn~an		2					
ɐm>ɐm~am~ɐn~an		3					
ɐm>an~aŋ			5				
ɐm>ɐm~am~an		1					
ɐm>ɐn~aŋ			1				
ɐm>am~ɐn			1				
ɐm>ɐm~am				1		1	
ɐm>ɐm~ɐŋ				1			
ɐm>ɐm~ɐn~an					1		
總數		15	15	15	15	15	15

表十二　表十一簡化表

韶關、馬埧鎮白話咸攝開口一、二等[ɐm]尾韻變異情況							
發音人		關倩俊	廖佩芳	張景雄	張崢	曾偉杰	黄琪蓉
父親	原籍	番禺	佛岡	番禺	番禺	順德	曲江龍歸
	方言	白話	白話	白話	白話	白話	客家話
遷來時間		三代	三代	四代	五代	三代	三代
母親	原籍	順德	曲江潭溪	英德縣城	烏石街道	順德	曲江鳳田
	方言	白話	客家話	白話	白話	白話	客家話
家中老幼上下交談方言		白話	白話	白話	白話	白話	白話
ɐm＞*-m		1		10	7	7	2
ɐm>*-n		1	7	2	2	1	11
ɐm>*-m~*-n		13	2	2	6	7	2
ɐm>*-m~*-ŋ			6	1			

表十三

韶關、馬壩鎮白話咸攝開口一、二等[ap]尾韻變異情況							
調查字	答搭踏沓納雜塔塌臘蠟插閘夾袷狹峽甲胛匣鴨押壓挾						
發音人		關倩俊	廖佩芳	張景雄	張崢	曾偉杰	黃琪蓉
父親	原籍	番禺	佛岡	番禺	番禺	順德	曲江龍歸
	方言	白話	白話	白話	白話	白話	客家話
遷來時間		三代	三代	四代	五代	三代	三代
母親	原籍	順德	曲江漳溪	英德縣城	烏石街道	順德	曲江鳳田
	方言	白話	客家話	白話	白話	白話	客家話
家中老幼上下交談方言		白話	白話	白話	白話	白話	白話
ap=ap				3	9	1	
ap>at			8	2		9	10
ap>ak			1				4
ap>ap~at		1		8	2	6	
ap>ap~ak				7	7		
ap>at~ak		9	11	3	1	6	8
ap>ap~at~ak		10			1		
ap>ɐp					2		
ap>at~ɐt			2				
ap>ɐt			1				1
ap>ap~ɐt						1	
ap>ap~at~ak~ɐt		1					
ap>ap~at~ak~ɐp~ɐt		1					
ap>ap~ɐp~ɐt		1					
ap>ap~ɐp					1		
總數		23	23	23	23	23	23

表十四　表十三簡化表

韶關、馬垻鎮白話咸攝開口一、二等[ap]尾韻變異情況							
發音人		關倩俊	廖佩芳	張景雄	張崢	曾偉杰	黃琪蓉
父親	原籍	番禺	佛岡	番禺	番禺	順德	曲江龍歸
	方言	白話	白話	白話	白話	白話	客家話
遷來時間		三代	三代	四代	五代	三代	三代
母親	原籍	順德	曲江潖溪	英德縣城	烏石街道	順德	曲江鳳田
	方言	白話	客家話	白話	白話	白話	客家話
家中老幼上下交談方言		白話	白話	白話	白話	白話	白話
ɐp>*-p				3	12	1	
ɐp>*-t			11	2		9	11
ɐp>*-k			1				4
ɐp>*-p~*-t		2		8	2	7	
ɐp>*-p~*-k				7	7		
ɐp>*-t~*-k		10	11	3	1		8
ɐp>*-p~*-t~*-k		11			1	6	

表十五

韶關、馬壩鎮白話咸攝開口一、二等[ɐp]尾韻變異情況							
調查字	鴿合盒恰洽						
發音人		關倩俊	廖佩芳	張景雄	張崢	曾偉杰	黃琪蓉
父親	原籍	番禺	佛岡	番禺	番禺	順德	曲江龍歸
	方言	白話	白話	白話	白話	白話	客家話
遷來時間		三代	三代	四代	五代	三代	三代
母親	原籍	順德	曲江漳溪	英德縣城	烏石街道	順德	曲江鳳田
	方言	白話	客家話	白話	白話	白話	客家話
家中老幼上下交談方言		白話	白話	白話	白話	白話	白話
ɐp=ɐp				1	3	2	
ɐp>ɐt			3				4
ɐp>ɐp~ɐt		4		1		3	
ɐp>ap					1		
ɐp>at							1
ɐp>ak			1				
ɐp>ap~at				1			
ɐp>at~ak		1					
ɐp>ɐp~ap				2	1		
ɐp>ɐt~at~ak			1				
總數		5	5	5	5	5	5

表十六　表十五簡化表

韶關、馬埧鎮白話咸攝開口一、二等[ɐp]尾韻變異情況							
發音人		關倩俊	廖佩芳	張景雄	張崢	曾偉杰	黃琪蓉
父親	原籍	番禺	佛岡	番禺	番禺	順德	曲江龍歸
	方言	白話	白話	白話	白話	白話	客家話
遷來時間		三代	三代	四代	五代	三代	三代
母親	原籍	順德	曲江漳溪	英德縣城	烏石街道	順德	曲江鳳田
	方言	白話	客家話	白話	白話	白話	客家話
家中老幼上下交談方言		白話	白話	白話	白話	白話	白話
ɐp>*-p				3	5	2	
ɐp>*-t			3				5
ɐp>*-k			1				
ɐp>*-p~*-t		4		2		3	
ɐp>*-p~*-k							
ɐp>*-t~*-k		1					
ɐp>*-p~*-t~*-k			1				

表十七

韶關、馬壩鎮白話深攝開口三等[ɐm]尾韻變異情況							
調查字	林淋臨浸侵寢心尋沉參岑森參（人參）滲針斟枕深沈 審嬸甚任今金襟錦禁欽撳琴禽擒妗吟音陰飲蔭淫						
發音人		關倩俊	廖佩芳	張景雄	張崢	曾偉杰	黃琪蓉
父親	原籍	番禺	佛岡	番禺	番禺	順德	曲江龍歸
	方言	白話	白話	白話	白話	白話	客家話
遷來時間		三代	三代	四代	五代	三代	三代
母親	原籍	順德	曲江灃溪	英德縣城	烏石街道	順德	曲江鳳田
	方言	白話	客家話	白話	白話	白話	客家話
家中老幼上下交談方言		白話	白話	白話	白話	白話	白話
ɐm=ɐm		3		16	7	26	2
ɐm>-ɐn		1	38	8	5	5	19
ɐm>ɐm~ɐn		35		15	28	8	17
ɐm>ɐm~am				1			
ɐm>-an			1				1
ɐm>am~an		1					
ɐm>ɐn~an						1	
ɐm>aŋ			1				
無效					1		1
總數		40	40	40	40	40	40

表十八　表十七簡化表

韶關、馬壩鎮白話深攝開口三等[ɐm]尾韻變異情況							
發音人		關倩俊	廖佩芳	張景雄	張崢	曾偉杰	黃琪蓉
父親	原籍	番禺	佛岡	番禺	番禺	順德	曲江龍歸
	方言	白話	白話	白話	白話	白話	客家話
遷來時間		三代	三代	四代	五代	三代	三代
母親	原籍	順德	曲江灣溪	英德縣城	烏石街道	順德	曲江鳳田
	方言	白話	客家話	白話	白話	白話	客家話
家中老幼上下交談方言		白話	白話	白話	白話	白話	白話
ɐm>*-m		3		17	7	26	2
ɐm>*-n		1	39	8	5	6	20
ɐm>*-ŋ			1				
ɐm>*-m~*-n		36		15	28	8	17

表十九

韶關、馬壩鎮白話深攝開口三[ɐp]尾韻變異情況							
調查字	立笠粒緝輯執汁濕十拾入急級給泣及吸揖						
發音人		關倩俊	廖佩芳	張景雄	張崢	曾偉杰	黃琪蓉
父親	原籍	番禺	佛岡	番禺	番禺	順德	曲江龍歸
	方言	白話	白話	白話	白話	白話	客家話
遷來時間		三代	三代	四代	五代	三代	三代
母親	原籍	順德	曲江漢溪	英德縣城	烏石街道	順德	曲江鳳田
	方言	白話	客家話	白話	白話	白話	客家話
家中老幼上下交談方言		白話	白話	白話	白話	白話	白話
ɐp=ɐp				3	6	6	
ɐp>ɐt		4		8	2	5	11
ɐp>ɐp~ɐt		14	17	7	10	7	7
無效			1				
總數		18	18	18	18	18	18

表二十　表十九簡化表

韶關、馬壩鎮白話深攝開口三[ɐp]尾韻變異情況							
發音人		關倩俊	廖佩芳	張景雄	張崢	曾偉杰	黃琪蓉
父親	原籍	番禺	佛岡	番禺	番禺	順德	曲江龍歸
	方言	白話	白話	白話	白話	白話	客家話
遷來時間		三代	三代	四代	五代	三代	三代
母親	原籍	順德	曲江漳溪	英德縣城	烏石街道	順德	曲江鳳田
	方言	白話	客家話	白話	白話	白話	客家話
家中老幼上下交談方言		白話	白話	白話	白話	白話	白話
ɐp>*-p				3	6	6	
ɐp>*-t		4		8	2	5	11
ɐp>*-p~*-t		14	17	7	10	7	7

關於漢語韻尾的從弱化到消失，許多學者也作出過探討的分析。日本人賴惟勤先生早年曾經通過漢語的長短元音，韻尾的鬆緊去探討漢語的陽聲韻尾、入聲韻尾的弱化和消亡，這不失是一種好的探討法子。今天，很少中國人用內外轉的關係探討漢語韻尾的演變。賴先生的文章將內外轉、主母音、韻尾合起來顯示當中的關係：

	主母音	韻　尾
內轉韻母	短・弱	長・強
外轉韻母	長・強	短・弱[3]

第四屆國際粵方言研討會上，余靄芹教授宣讀〈粵語研究的當前課題〉，筆者覺得她某些看法有點兒問題。其一是把韶關灣頭、曲江梅村兩地的虱婆聲視為粵語，這是錯誤的。另一個問題是誤信余偉文

3 賴惟勤〈中古の內・外〉《中國語學》（中國語學研究會發行，1958年）第三期，頁12。

〈樂昌白話的語音特點〉一文的材料，筆者先後兩次採訪，頗注意當地有沒有人把「博」$[pɔk^3]$讀成$[pɔt^3]$，[4] 事實上是沒有人如此讀的。[5] 用的材料都出了錯，歸納出的公式自然值得商榷。余靄芹教授又強化賴惟勤的理論，視內外轉跟漢語韻尾的變化關係為分析語言變化的一種好工具。余教授更運用內外轉來分析粵語的陽聲韻尾、入聲韻尾的變化，把一些現今粵語的特有現象跟中古音比較，並歸納出31條公式。筆者在韶關一帶調查了不少時間，對粵北的方言總算有少許認識。筆者總覺得用內外轉說去處理陽聲韻尾、入聲韻尾的變化，或是用余教授的漢語方言陽聲韻尾、入聲韻尾變化公式去分析粵北一些（不敢說全部）地方的粵音韻尾變異，實在有商榷餘地。

余教授說「外轉韻『元音緊』（tense）而『韻尾鬆』（lax），容易掉韻尾是很自然的事。內轉韻『元音鬆』而『韻尾緊』，不容易掉韻尾也是很自然的事。」[6] 這也有道理，元音的長短跟韻尾的鬆緊的確有關，祇是韻尾的演變，卻不一定與此有關連。

本文以大量篇幅分析韶關、曲江各鎮白話的陽聲韻尾和入聲韻尾的變異特點，筆者在下文就根據以上多個韶關、馬壩鎮白話陽聲韻尾、入聲韻尾變異表，以及方言接觸的影響，對余教授作反駁，筆者認同張琨〈漢語方言鼻音韻尾的消失〉的看法。

張琨表示：「鼻音韻尾的消失的原因最大的可能是當漢語發展到一個新地方，當地土著學習漢語時，受到他們自己的語言影響，沒有把漢語中的鼻音韻尾都清清楚楚的讀出來。習以為常，在這種情況下，這些漢語方言就發生鼻化作用，甚至於鼻化作用也沒有了，結果就造成了鼻音韻尾的消失……吳語方言的鼻化作用以及鼻音韻尾的消

---

4 余偉文〈樂昌白話的語音特點〉頁84。

5 筆者前後住上六天。

6 余靄芹〈粵語研究的當前課題〉（稿）（第四屆國際粵方言研討會論文）頁8。

失也許是因為漢語與非漢語接觸的結果。」[7] 張琨的看法，不單可以拿來解釋鼻音韻尾的消失，也可以用來分析漢語甲方言跟乙方言的接觸結果，也可以放到入聲韻尾、音段和超音段方面去分析。

筆者認為趙杰的《北京話的滿語底層和「輕音」「兒化音」探源》，正好作為張琨此語的佐證。另一方面張琨該文，也可以拿來分析北京話的「輕音」、「兒化音」跟滿語底層的關係。當然，趙杰《北京話的滿語底層和「輕音」「兒化音」探源》的分析，不是張琨這樣一言兩語便作算。趙杰為了證明北京話「輕音」「兒化音」的本源來自滿語，並且認為是滿語底層，他不是呆在北京裡，而是跑遍全國還有旗人生活的地方去，探討這些京旗方言島中富有滿式漢語特徵的詞語，以透視它的語音特徵，並透過不同旗人方言島語音上空間的差異，理出清代以來北京話融合式音變的時間發展，為北京話連鎖式音變的微觀分析提供系統的旁證。[8] 筆者本文是延續張琨對漢語語言變異跟方言接觸關係觀點而作出微觀調查（長期追蹤主要發音人讀音、談話情況）及分析韶關白話的變異研究。

本文的表十、十二、十四、十六、十八、二十各簡表，顯示韶關這個曲江舊縣城跟馬垻這個新縣城的白話有近似的特點，但也有差異。

新縣城跟舊縣城比較。從整體來看，舊縣城讀閉口音 [-m　-p] 是很少的，新縣城比舊縣城要多。這裡跟兩個縣城的歷史發展有密切關係。新縣城建城祇是二十年左右，舊縣城在秦佔據百越時便在此建城。另一方面，舊縣城的商品經濟發展到今天止，最少有250年，不

7　張琨〈漢語方言鼻音韻尾的消失〉《漢語方言》（臺北市：臺灣學生書局，1993年）頁24。

8　趙杰《北京話的滿語底層和「輕音」「兒化音」探源》（北京市：北京燕山出版社，1996年3月）頁73。

單是粵北水道的交叉點，又是嶺南嶺北貨物的集散地，長期是政府駐地。因此，曲江舊縣城韶關，人流會特別多。自從舊縣城商品經濟興起，廣府人便到韶關經商、定居，白話怎會不受異化！新縣城現在的人流也多，由於不是處於交通要道，加上成為縣城的歷史時間短，人流總是相對較少，各鎮來的人流不及舊縣城的多及時間悠長，馬壩白話自然在方言接觸方面會較少，白話的原特點自然保留更多，其祇讀閉口音[-m -p]數字多，就是方言接觸多寡不同而產生的結果。

從番禺遷到馬壩的發音人，父親張景雄從祖上算起，他是第四代的後人，其子張崢是遷來第五代後人。韶關的關女士，從祖上遷來韶關到她祇是第三代。咸、山兩攝裡，表中展現她的白話唯獨閉口音[-m -p]（不連自由變讀部分出現的[-m -p]部分）是很少的，反而居於馬壩，遷來歷史更長的後人，保留閉口音[-m -p]的唯讀現象比韶關的要多。上文提及新縣城、舊縣城的不同差異發展，影響人流的多少。人流多的地方，不同語言接觸機會會多，語言受到反滲透機會更多，韶關白話的變異機會就比馬壩要多了。關女士自由變讀部分相對馬壩方面為多，是因為不同方言社群經過250多年的方言接觸，產生一種語言平衡的需要。韶關、馬壩兩地的差異便由此而來。

新縣城、舊縣城相近的地方是自由變讀很多，保留咸、深攝原來韻尾特點的不多，一面倒向[-n -t/-k]變異也少。這種大量自由變讀現象的膠著，是當地白話語言在不同方言社群共時下的一種語言平衡，是[-m][-p]舊形式跟[-n][-t/-k]新形式的平衡發展。

韶關在乾隆年間開始出現商品經濟浪潮，珠江三角洲一帶的人利用這裡的特殊地理環境，紛紛遷來發展，連同家眷及店務員工，遷來的人應該不少。這些從珠江三角洲來的商人，跟各地遷來的商人不同，廣府商人多從事大幫批發、收購、絲綢等生意，使人感到白話人比較高貴，他們的語言便成了威望語言，[9] 具有特殊地位。

白話是當地的威望語言，舊縣城及東西兩垻地的虱婆聲人、客家人樂意學習及轉移其母語，當然會不自覺把其母語的發音習慣遷移目的語（受語 recipient language）白話——威望語言（廣州話），這種「白話」（土味兒白話）自然帶有很多虱婆聲的和客家話的特徵，這是接觸引發的演變（contact-induced change）。到了他們的第二代、第三代，他們的白話已經改造了很多，不過一些難以揮去的頑固成分發音習慣（即影響成分或稱外來成分）還是一代又一代傳遞下去，這是因接觸引發演變，即是受語從源語中獲得某種語言干擾（linguistic interference）。這種「白話人」日漸增加，他們的土味兒白話已經改掉很多，最重要的是他們數量日漸增加，土味兒白話按著他們的數量日漸增長，不單向外擴散，這種第二代、第三代的人跟遷來當地已經多代的人在頻密接觸後，出現反滲透到這些白話人的後人，結果雙方的白話最後也達至比較接近，達至你中有我，我中有你（筆者常說的自由變讀），在不同語言社團間產生一種表面的言語融合，這是筆者所言的平衡發展。

「你中有我，我中有你」實質上並不是對等的。虱婆聲和客家話已開始消亡於中洲半島（舊縣城）及東西兩垻地方；而白話人的白話祇是沾上虱婆聲人、客家人某些語言特點，基本上還是白話的語音系統（原生成分），祇是結構內部某些因子相混而已。

上表的廖佩芳跟黃琪蓉有點類似，她們的白話，在咸、深攝裡，

---

9 威望語言就是具有聲望的語言。參看：
祝畹瑾《社會語言學概論》（長沙市：湖南教育出版社，1992年8月第一版）頁194~195。
Hudson R.A. (1980) Sociolinguistics. Cambridge:Camgridge University Press. p.32.
Trudgill P. (1983) (Revised edition) Sociolinguistics: An Introduction to Language and Society. Middlesex,England:Penguin Books. p.19-20.

跟那些父母雙方同是白話人的，特點就不一樣。

在廖佩芳與黃琪蓉的白話裡，大量 -m 變成 -n。廖佩芳還有部分字讀成 -ŋ。廖氏的父親為佛岡人，操的白話跟廣州話大致相同，黃氏父親原籍為曲江縣龍歸客家人，雙方遷來馬壩鎮已經三代。從父系來說，廖佩芳的表現應該跟黃琪蓉不同，結果卻是一樣。為甚麼父親同是操接近廣州的白話，廖氏跟馬壩、韶關父系為白話人的發音人某些變項卻不靠近？關鍵在於她的母親是客家人。

廖佩芳的母親在家庭內跟上下同是一起操白話的，廖佩芳的白話應該接近馬壩張氏父子或是跟曾偉杰相近，結果並非如此，是跟其母親操著從其祖上已經操不完美的變異白話一代一代傳下（遷移）有關。到她操白話，還是操著揮不去的客家味白話。母親一般接近及照顧子女時間最長，一般情況下，她影響子女最大最深，語言的影響也包括在內。廖佩芳幼年時長期跟母親接觸，其白話特點便傾向母親曲江濛溪客家話人說白話的特點。曲江濛溪客家話已失掉閉口韻尾[-m -p]，鼻音韻尾只保留[-n -ŋ]，塞音韻尾只保留[-t -k]，大抵是咸開一二等字讀[-n/-t]和[-ŋ/-k]；咸開三四等及深攝字都念成[-n/-t]，其特點跟葉屋客家話相近。例如：

貪(咸一) t‘an^{44}	南(咸一) lan^{24}	咸(咸二) han^{24}	減(咸二) kan^{31}
耽(咸一) taŋ^{44}	柑(咸一) kaŋ^{44}	衫(咸二) saŋ^{44}	斬(咸二) tsaŋ^{24}
答(咸一) tak^{1}	沓(咸一) t‘at^{5}	插(咸二) ts‘at^{1}	夾(咸二) kat^{1}

廖佩芳母親的白話，難以揮去濛溪客家話的發音習慣（語言特徵），在她家庭內部影響一代又一代。[10]

廖佩芳的父親是白話人，不過，由於廖佩芳的白話已產生變異，

10 這是在替換的語言中留下來原有語言的某種痕跡（即底層），從而形成強勢語言的一種變體。

不再肖似其父親的，跟一般人父母雙方同是白話人的白話也不一樣。筆者在此次調查，發現調查樣本家庭組成成員的不同，彼此的語言變項結果是會不同的。如果這些細節不在文章加以說明交代，衹是在當地選出一個人作為代表，整理音系，舉出特點，排列同音字表，許多語言現象便不能清楚說明。

黃琪蓉的白話，充滿當地龍歸客家話的發音習慣，母親是鳳田的客家人，筆者沒有機會到鳳田走一趟，不能介紹其特點。

龍歸客家話已失掉閉口韻尾[-m　-p]，鼻音韻尾只保留[-n　-ŋ]，塞音韻尾只保留[-t　-k]，在咸、深攝裡相對較少 ŋ 韻尾。黃琪蓉的白話，在咸、深攝裡傾向舌尖前輔音韻尾[-n　-t]，是跟客家話有關。

余靄芹〈粵語研究的當前課題〉文中2.2.1.1指出：韻尾/-m/的變化跟以下第一條條公式有關：

*-m > -ŋ / [＋低，＋緊元音]__ [11]

試看表十二，白話家庭組成的白話人後代，沒有一個具有這種演變。家庭為客家人組成的白話人後代，又不會產生這種現象，衹有廖佩芳有 ɐm>ɐŋ 如此表現。廖佩芳的父親為佛岡人，母親為瀵溪客家人，她的白話有母親那種客味的白話，應該有大量的白話呈現 ɐm>ɐŋ 這種形式，事實不是這樣。她的白話變異趨向是一種 *-m>*-n 的形式，55個廣州話為[ɐm]的調查字，她衹有6個字出現了 *-m>*-ŋ 的特點，來源不是因為：

*-m > -ŋ / [＋低，＋緊元音]__

而是在母親長期照料下，不自覺習得了母親說白話的特點。

余教授文中第七條公式是：

*-m > -n / [＋鬆元音]__ [12]

---

11 余靄芹〈粵語研究的當前課題〉（稿）（第四屆國際粵方言研討會論文）頁5。

在表十裡，關於韶關、馬壩鎮白話咸攝開口一、二等[am]尾韻變異情況裡，多數變異向著舌尖前輔音韻尾 n 走，表面上好像余教授文中第七條公式般的趨向走勢，實在不是如此。請看表五〈曲江各鄉鎮客家話差異特點〉，筆者已經把調查的各客家方言點有關咸攝開口一、二等字（陽聲韻尾及入聲韻尾）的趨向特點表列出來，除了大坑口、羅坑、白沙三個村委會下的客家村落具有梅縣客家話的[-m -p]特點外，其餘各鎮的客家話一如第三章第一節曲江馬壩鎮鞍山村委會和樂村葉屋客家話特點一樣，已失掉閉口韻尾[-m -p]，鼻音韻尾只保留[-n -ŋ]，塞音韻尾只保留[-t -k]，而咸開一二等字讀[-n/-t]和[-ŋ/-k]，咸開三四等及深攝字都念成[-n/-t]。這大片客家方言點都有這種特點，當中不同祇是彼此朝著 -n 的趨向多一點還是朝著 -ŋ 的趨向走多一點而已。

在威望語言受到大眾重視下，一些客家人轉移母語，改操一種威望語言——白話。早期學習者在學習白話時，他們把自己本語中的語言特徵帶進目的語（受語）裡，這種不完善的習得又一代一代把不完美的語言傳到他們的孩子，也傳給他們活動圈中的其他人，最終，連白話人在反滲透下也改變了本身的白話。[13]韶關、馬壩鎮白話咸攝開

12 余靄芹〈粵語研究的當前課題〉（稿）（第四屆國際粵方言研討會論文）頁7。

13 社會網絡交往可以把語言特點傳播開去，社會網絡中語言變化研究，最早是由 Jim & Lesley Milroy 在英國北愛貝爾法斯特（Belfast）進行。由於未能借閱 Milroy & Milroy（1978）及 Milroy（1987），以下敘述則根據 Jean Aitchison (1990) Language Change:Progress or Decay? Cambridge University Press (2nd edition) pp.67~71. 貝爾法斯特的 wat grawss 和 bawd nacks——貝爾法斯特基督徒（Protestant）與天主教徒（Catholics）之間有一條洪溝，兩個宗教的人平日也互不講話，東貝爾法斯特 Ballymacarrett（地名）基督徒語言的後 a（backed a）發音——特點是發音時把舌頭的部位向後移往到ɔ——卻通過分界線上的一家相當破舊的商店傳播到西貝爾法斯特 Clonard（地名）的天主教徒中去。因為天主教徒區的 Clonard 失業率很高，而婦女卻有工作，並且多數在這間破舊的商店工作。年輕的天主教徒的百貨女售貨員便從基督徒顧客——工人貴族（labour aristocracy）學到後 a 的發音變化，然後

口一、二等[am]尾韻變異情況裡，多數變異為舌尖前輔音韻尾 n ，是方言接觸下而產生，跟主要元音為鬆元音無關。關於韻尾/-p/等的變化，筆者認為不必跟其31條公式對號進行點對點反駁。

通過薄弱環節（weak links）從一個社會網絡轉移到另一個社會網絡中去。韶關中洲半島的白話經過250年跟東、西河人到來購貨接觸，結果中洲半島上店貨員的白話，滲有西河壩虱婆聲人的「土白話」和東河壩客家人的客白話的特點，再通過他們的社會網絡，便把兩壩的「白話」特點帶到本地的白話中去。

表二十一

韶關、馬壩鎮白話曾攝開口一等[ɐŋ]尾韻變異情況							
調查字	崩朋登燈等凳騰藤鄧曾（姓）能增憎曾層贈僧肯恆						
發音人		關倩俊	廖佩芳	張景雄	張崢	曾偉杰	黃琪蓉
父親	原籍	番禺	佛岡	番禺	番禺	順德	曲江龍歸
	方言	白話	白話	白話	白話	白話	客家話
遷來時間		三代	三代	四代	五代	三代	三代
母親	原籍	順德	曲江褒溪	英德縣城	烏石街道	順德	曲江鳳田
	方言	白話	客家話	白話	白話	白話	客家話
家中老幼上下交談方言		白話	白話	白話	白話	白話	白話
ɐŋ=ɐŋ				17		2	
ɐŋ>ɐn			15		17	5	19
ɐŋ>ɐŋ~ɐn		19		2	2	12	
ɐŋ>ɐŋ~eŋ			2				
ɐŋ>aŋ			1				
ɐŋ>aŋ~ɐn			1				
Total		19	19	19	19	19	19

表二十二　表二十一簡化表

韶關、馬壩鎮白話曾攝開口一等[ɐŋ]尾韻變異情況							
發音人		關倩俊	廖佩芳	張景雄	張崢	曾偉杰	黃琪蓉
父親	原籍	番禺	佛岡	番禺	番禺	順德	曲江龍歸
	方言	白話	白話	白話	白話	白話	客家話
遷來時間		三代	三代	四代	五代	三代	三代
母親	原籍	順德	曲江褒溪	英德縣城	烏石街道	順德	曲江鳳田
	方言	白話	客家話	白話	白話	白話	客家話
家中老幼上下交談方言		白話	白話	白話	白話	白話	白話
ɐŋ>*-ŋ			3	17		2	
ɐŋ>*-n			15		17	5	19
ɐŋ>*-ŋ~*-n		19	1	2	2	12	

表二十三

韶關、馬壩鎮白話曾攝開口一等[ɐk]尾韻變異情況							
調查字	北墨默得德特肋勒則塞刻克黑						
發音人		關倩俊	廖佩芳	張景雄	張崢	曾偉杰	黃琪蓉
父親	原籍	番禺	佛岡	番禺	番禺	順德	曲江龍歸
	方言	白話	白話	白話	白話	白話	客家話
遷來時間		三代	三代	四代	五代	三代	三代
母親	原籍	順德	曲江褒溪	英德縣城	烏石街道	順德	曲江鳳田
	方言	白話	客家話	白話	白話	白話	客家話
家中老幼上下交談方言		白話	白話	白話	白話	白話	白話
ɐk=ɐk				4			
ɐk>ɐt			7		10	1	13
ɐk>ɐk~ɐt		10	1	6	1	7	
ɐk>ak			2				
ɐk>ak~ɐt			2			1	
ɐk>ɐk~ak		1		3	1	4	
ɐk>ɐk~ak~ɐt		2					
ɐk>ɐt~ek			1		1		
total		13	13	13	13	13	13

表二十四　表二十三簡化表

韶關、馬壩鎮白話曾攝開口一等[ɐk]尾韻變異情況							
發音人		關倩俊	廖佩芳	張景雄	張崢	曾偉杰	黃琪蓉
父親	原籍	番禺	佛岡	番禺	番禺	順德	曲江龍歸
	方言	白話	白話	白話	白話	白話	客家話
遷來時間		三代	三代	四代	五代	三代	三代
母親	原籍	順德	曲江褒溪	英德縣城	烏石街道	順德	曲江鳳田
	方言	白話	客家話	白話	白話	白話	客家話
家中老幼上下交談方言		白話	白話	白話	白話	白話	白話
ɐk>*-k		1	2	7	1	4	
ɐk>*-t			7		10	1	13
ɐk>*-k~*-t		12	4	6	2	8	

張景雄、曾偉杰、黃琪蓉有[ɐk]>[ɐp]的變體。

表二十五

韶關、馬垻鎮白話梗曾攝開口二等[ɐŋ]尾韻變異情況								
調查字	生牲笙更庚羹哽埂梗更亨行衡杏行萌爭箏睜耕耿幸							
發音人		關倩俊	廖佩芳	張景雄	張崢	曾偉杰	黃琪蓉
父親	原籍	番禺	佛岡	番禺	番禺	順德	曲江龍歸
	方言	白話	白話	白話	白話	白話	客家話
遷來時間		三代	三代	四代	五代	三代	三代
母親	原籍	順德	曲江褒溪	英德縣城	烏石街道	順德	曲江鳳田
	方言	白話	客家話	白話	白話	白話	客家話
家中老幼上下交談方言		白話	白話	白話	白話	白話	白話
ɐŋ=ɐŋ			1	3	2	5	
ɐŋ>ɐn			1		10		14
ɐŋ>ɐŋ~aŋ~ɐn		14	3	1	4	3	3
ɐŋ>ɐŋ~ɐn		7			4	10	
ɐŋ>ɐŋ~aŋ		1	8	14		3	1
ɐŋ>aŋ			5	4	1	1	1
ɐŋ>aŋ~ɐn			3		1		3
ɐŋ>eŋ			1				
總數		22	22	22	22	22	22

張景雄出現[ɐŋ]>[ɐm]

表二十六　表二十五簡化表

韶關、馬壩鎮白話梗曾攝開口二等 [ɐŋ] 尾韻變異情況							
發音人		關倩俊	廖佩芳	張景雄	張崢	曾偉杰	黃琪蓉
父親	原籍	番禺	佛岡	番禺	番禺	順德	曲江龍歸
	方言	白話	白話	白話	白話	白話	客家話
遷來時間		三代	三代	四代	五代	三代	三代
母親	原籍	順德	曲江褒溪	英德縣城	烏石街道	順德	曲江鳳田
	方言	白話	客家話	白話	白話	白話	客家話
家中老幼上下交談方言		白話	白話	白話	白話	白話	白話
ɐŋ>*-ŋ		1	15	21	3	9	2
ɐŋ>*-n			1		10		14
ɐŋ>*-ŋ~*-n		21	6	1	9	13	6

表二十七

韶關、馬埧鎮白話梗攝開口二等[ɐk]尾韻變異情況							
調查字	陌麥脈核扼						
發音人		關倩俊	廖佩芳	張景雄	張崢	曾偉杰	黃琪蓉
父親	原籍	番禺	佛岡	番禺	番禺	順德	曲江龍歸
	方言	白話	白話	白話	白話	白話	客家話
遷來時間		三代	三代	四代	五代	三代	三代
母親	原籍	順德	曲江褒溪	英德縣城	烏石街道	順德	曲江鳳田
	方言	白話	客家話	白話	白話	白話	客家話
家中老幼上下交談方言		白話	白話	白話	白話	白話	白話
ɐk=ɐk				1			
ɐk>ɐt				1	2	1	3
ɐk>ɐk~ɐt		4	1		1		1
ɐk>ak			4	1	1		1
ɐk>ɐk~ak				2		2	
ɐk>ak~ɐt		1			1		
ɐk>ɐk~ak~ɐt						2	
總數		5	5	5	5	5	5

張景雄出現[ɐk]>[ɐp]

表二十八　表二十七簡化表

韶關、馬垻鎮白話梗攝開口二等[ɐk]尾韻變異情況							
發音人		關倩俊	廖佩芳	張景雄	張崢	曾偉杰	黃琪蓉
父親	原籍	番禺	佛岡	番禺	番禺	順德	曲江龍歸
	方言	白話	白話	白話	白話	白話	客家話
遷來時間		三代	三代	四代	五代	三代	三代
母親	原籍	順德	曲江褒溪	英德縣城	烏石街道	順德	曲江鳳田
	方言	白話	客家話	白話	白話	白話	客家話
家中老幼上下交談方言		白話	白話	白話	白話	白話	白話
ɐk>*-k			4	4		2	1
ɐk>*-t				1	1	1	3
ɐk>*-k~*-t		5	1		2	2	1

從二十二、二十四、二十六、二十八各簡化表中，可以發現曾攝字出現變化較多，梗攝字變化很少，這跟當地土話及客家話有密切關係。

曾攝陽聲韻40多個調查字中，除了「朋」字外，客家話的陽聲韻尾為 -n。梗攝字方面，大部分韻尾為 -ŋ，部分韻尾為 -n，一些字屬於文白讀音，則有 -ŋ、-n 兩讀。虱婆聲方面，除了鼻音尾韻變化成開尾韻外，情況跟客家話差不多。由此可見，馬垻白話曾梗攝字鼻音尾韻變與不變，根本不是一個甚麼規律現象，只是地緣上方言接觸的最後結果。

廖佩芳、黃琪蓉曾攝的表現很相似，跟母親一方不正確的白話有明顯的關係。曾攝開口一等字（崩朋登燈等凳騰藤鄧能曾增憎曾層贈僧肯），除了「朋」字外，曲江各處的客家話，其韻尾皆為 -n。

梗攝開口二等字，曲江各處的客家話，大部分韻尾為 -ŋ，部分

為 -n，當中屬於文白兩讀字，便有 -n、-ŋ 兩讀。白沙、白土虱婆聲，除了已經由陽聲韻尾演變為開尾的韻尾外，還留下鼻音尾韻的字，俱收 -ŋ。馬壩鎮的白話曾攝字出現變異，跟鄰近方言有密切關係。張崢是唯一特殊例外的人。

從以上各表，可以發現在馬壩鎮的白話曾攝字出現變化較多，梗攝字變化很少，這跟客家話這個攝裡的 a 類字的韻尾為[-ŋ　-k]有關。

由此可見，馬壩白話曾梗攝字鼻音尾韻變與不變，根本不是一個甚麼規律現象，只是地緣上方言接觸的最後結果。

離開曲江，韶關就有所不同，關倩俊的讀音跟馬壩不同，在曾開一二、梗開二裡，除了一二個個別字保留[ɐŋ　ɐk]，全面倒向[-ŋ~-n][-k~-t]的自由變讀現象。

這跟白話在韶關有悠久歷史有關，舊縣城在很早時期已經出現虱婆聲人、客家人轉移說白話，在曾開一二、梗開二裡，除了一二個個別字保留[ɐŋ　ɐk]，全面倒向[-ŋ~-n][-k~-t]的自由變讀現象，是語言長期接觸下不自覺出現的一種語言平衡現象──舊形式跟新形式同時平衡發展。馬壩表現跟韶關不同，筆者相信這兩攝字在韶關白話擴散中，曾攝字變異稍多，梗攝變異較少。

余靄芹提出：外轉韻「元音緊」而「韻尾鬆」，容易掉韻尾是很自然的事。內轉韻「元音鬆」而「韻尾緊」，不容易掉韻尾也是很自然的事。曲江馬壩鎮的梗攝多保留[-ŋ　-k]，那麼，「外轉韻『元音緊』而『韻尾鬆』，容易掉韻尾是很自然的事。」筆者覺得不要用內外轉，不妨用 Jean Aitchison 提出的薄弱點（a weak spot）去分析，[14]

14 Jean Aitchison (1990) Language Change: Progress or Decay?, Cambridge University Press (2nd edition), pp.125~127.

Jean Aitchison 博士在第九章裡，也探討過詞尾輔音（consonants at the end of

根據薄弱點的理論，輔音韻尾前為短元音，這個短元音後的輔音韻尾屬於音長部分，音長便是該音節內部的薄弱點，這個輔音韻尾容易消失脫落。

筆者堅信語音變異跟語言接觸有關，可以是家庭內部的接觸，可以是社會網絡的接觸。

第二節　威望語言

一　原住民（客家話、虱婆聲）母語干擾

語言接觸的流程可以區分為母語干擾和借貸。兩種接觸過程帶來的後果有所不同。

韶關城區白話的特點不是借貸問題，而是城區及鄰近原住民（虱婆聲人口及客家人）或從鄰近地方遷來的新移民傾慕白話這種威望語言（prestige dialect），於是放棄或不再堅持使用其母語，作出整體轉用白話後所形成的母語干擾。母語干擾，不是指白話的干擾，是指虱婆聲人、客家人或是從別處遷來的移民所說的白話裡，潛藏其母語的特點，干擾了白話的體系或其結構因子。換一個角度來說，是語言替換的過程中，這兩種弱勢語言對強勢語言的結構進行了干擾，使替換的語言中留下原有語言的某些痕跡（即是底層）。

母語干擾當然出於語言的接觸，接觸又是通過雙語或多語開展的，就在同一個地域形成異常複雜的語言關係。當原住民的語言變體

words）的消失跟薄弱點有關。這一章是綜合分析語言變化的內部因素。筆者用「薄弱點理論」一詞之前，曾經跟在牛津大學任教的 Jean Aitchison 聯繫，她並沒有直接表示我用「薄弱點理論」一詞是錯的，也沒有表示是對的，卻表示這是一個好的看法，並稱會在第三版修改中作系統論述，這是間接認同筆者的看法。

跟韶關城區白話接觸時，便會產生可能不同的語言變體。陳保亞調查雲南德宏州傣族、漢族在同一地域上的接觸，結果產生了兩種獨特的語言變體，一種稱為「傣漢語」，一種稱為「漢傣語」。「傣漢語」是傣族人講的漢語，「漢傣語」是漢族人講的傣語。韶關方言間的接觸並沒有這種複雜語言變體的產生。韶關原住民跟白話人接觸，他們不再堅持其母語而改用白話，這種「白話」祇是含有原住民語言變體某些語言習慣的成分在內。當地白話經過250年跟鄰近多語接觸，今天的「白話」跟原來的廣州話已有差異。客家人轉移說白話，便產生一種「客白話」；虱婆聲人說的白話，則屬於一種「土白話」（似不宜稱為「虱白話」）。新白話的產生，是原住民母語的干擾。不論是「客白話」或「土白話」，變異了的白話還是廣府片的白話，祇是各自在廣府片的白話系統裡作出某種傾斜，一切還未有脫離白話的系統，跟陳保亞調查雲南德宏州傣族、漢族在同一地域上居住而產生兩種獨特的語言變體有所不同。雲南德宏州傣族、漢族為了語言上可以相互溝通，不自覺產生兩種獨特的語言變體。在韶關方面，是原居民對省內具有高度威望的白話傾慕而自願放棄母語轉移到白話去。

本文從不用「土白話」、「客白話」、「新白話」等名稱，因為韶關、曲江的變異白話跟陳保亞調查雲南德宏州傣族、漢族在同一地域上居住而產生的語言變體有關不同。後者是一種中介語，趙杰《北京話的滿語底層和「輕音」「兒化音」探源》也是通過中介語去探討語言的演變。韶關、曲江的變異白話便有所不同，因為虱婆聲、客家話、白話都是漢語。陳保亞、趙杰探討的是不同民族的語言團體及語系如何進行聯盟、融合。韶關、曲江的語言變異則不存在著這方面問題。

原住民母語干擾主要來自語言接觸。韶關地區的語言複雜，有地區之間的貿易往來、文化交流、移民集居等各種形態的聯繫，這些聯繫都會引起語言接觸。語言接觸所帶來的語言影響，主要包括語言成分的借用、結構規則的模仿、語言混合、語言的轉用和替代、以及語言轉移。

語言轉移是語言發展的一種普遍現象，今天韶關白話大面積分佈，跟當地原住民不堅持其母語，進行了整體轉用語言轉移形式，這點跟經濟有關。曲江舊縣城韶關，居住的是虱婆聲人，在過去250年不能把持當地的經濟，經濟大權操於廣府人，結果今天韶關市區的土著方言——本城話（虱婆聲）接近消亡階段。早階段的本城話已呈現新舊兩派，新派的本城話[15] 跟舊派的本城話語音系統相近的地方很少。新派的本城話跟粵語相近，舊派的本城話跟客家話較為接近。

客家話方面，接近市區的地方，說客家話的人已經少了很多，出現接近消亡現象。距離市府較遠的地方，部分地方的客家話調值及主要元音出現粵語的特徵，可以說韶關地區的客家話開始出現轉變。

由於廣州在乾隆二十二年（1757年）十一月宣佈凡歐美各國洋船祇許在廣東收泊交易，不得再赴寧波。這種限制定廣州一口貿易的體制，一直延續到清道光二十二年（1842年）不平等的《中英南京條約》前。韶關位於北江水道上，便分享廣州的經濟成果，也建立其經濟地位。這段期間，曲江韶城的經濟命脈落在廣府人手上，粵語通過數量微不足道的廣府人口不斷向外擴散，韶關地區的韶州土話及客家話則不斷收縮及消亡。由於韶關白話一方面不斷跟當地方言長期接觸，另一方面，韶關白話又跟鄰近市縣的白話、客家話、連灘話作出密切接觸，白話也不能避免出現變化。韶關城區白話的特點，制約於原住民及其附近原住民的語言轉移，釀成韶關城區的白話音變。

15 黃家教、崔榮昌〈韶關方言新派老派的主要差異〉《中國語文》（北京市：中國社會科學出版社，1983年）第二期。

既然語言轉移跟社會歷史條件有密切關係，其根本原因是由於社會環境的變化。當原住民不再堅持其母語而使用一種新語言時，同樣會或多或少帶有自身的一些特點加進白話成分裡，讓白話產生不同程度的變異。或許這樣說，原住民學習白話時，受到原有語言習慣的制約和影響，造成有規律的錯誤，這是造成語音變異方面原因之一；另一方面的原因是原住民語言中的某些成分在白話中找不到相應的表達方式，即原居民文化中某些成分在新語言中並不具備，於是土語就殘留在白話裡。

經過多年的觀察，筆者發現當地白話變異除受「原住民母語」干擾外，還有另一種語言干擾，筆者稱之為「地望語言的干擾」。廣東省的地望語是廣州話，廣州話對韶關市區的白話有一種穩定發展的影響。

簡言之，韶關市區不同語言變體所受語言干擾有兩種類型，一種可以稱為「原住民母語干擾」，一種可稱為「地望語言的干擾」，兩者都使韶關白話產生變異。

二　地望語言的干擾

地望語言的干擾可分為語言直接接觸和心理影響。

清朝乾隆年間，便有商人進入韶城（指曲江縣舊縣城，今天的韶關）經營業務。

250年來，韶關粵語在此生根，不斷壯大，不斷擴大，白話一直受原住民或附近縣鎮遷入居民的語言變體干擾而產生語音變異。在長久干擾下，今天韶關城區的白話的咸、深攝合口音特點還有所保留，並沒有脫離廣州話語音系統，這是跟廣東省省城廣州的全國經濟地位有密切關係，廣州話還是他們心中的社會威望語言。除咸、深二攝外，山、臻、曾、梗各攝尾韻搖擺不定，也是一種受新舊因素不斷干擾，不斷糾纏下而出現的現象。這是地望語言的干擾。

地望語言的心理干擾。當地人一般知道他們的白話跟廣州、香港有點不同，穗港的白話有合口音，他們也通過跟廣州一帶交往，知道韶關的合口音一般是較少的，而山臻曾梗四攝也是沒有合口音。在地望語言的心理干擾下，便一股惱兒把表示非合口音的字也說成合口，結果出現ɐn、ɐŋ、ɐt、ɐk、an、aŋ、at、ak 變為ɐm、ɐp、am、ap的特殊變異現象，筆者在碩士論文中祇說有待研究，這是由於筆者當時調查及了解不多。後來到了曲江縣各白話鎮去調查，發現每一個人都有這種現象，筆者便等到經過多番見面，大家關係比較密切，感情已經建立起來，纔進行錄音及記錄，這時因地望語言的心理干擾而出現的的特殊變異現象便大大減少。筆者認為這跟他們認為我是來自穗港這些具有語言威望的地方有關。在初次記音，在山攝、曾攝裡也出現 ɐm、ɐp 或 am、ap 等變異讀音，大概是要筆者知道他們也能接近廣州的社會威望語言，於是出現過分糾正（hypercorrection）過來。

引用書目

【英文書目】

Hashimoto, Anne Yue (1970). ***The Liang-Yue Dialect Materials,*** Unicorn.

Hashimoto, M. (1973). ***The Hakka Dialect: A Linguistic Study of Its Phonology Syntax and Lexicon,*** Cambridge: Cambridge University Press.

Hudson, R .A. (1980)**.** ***Sociolinguistics,*** Cambridge: Cambridge University Press.

Aitchison, J. (1990). ***Language Change***: ***Progress or Decay?*** Cambridge: Cambridge University Press , 2nd edition.

Trudgill , P. (1983). ***Sociolinguistics: An Introduction to Language and Society,*** Middlesex, England: Penguin Books, Revised edition.

【英文論文目錄】

Labov, W. (1972). The Social Stratification of (r) in New York City Department Stores. ***Sociolinguistic Pattern,*** Philadelphia: University of Pennsylvania Press.

【日文書目】

賴惟勤〈中古の內・外〉《中國語學》（中國語學研究會發行，1958年）第三期。

【中文書目】

中國社會科學院和澳大利亞人文科學院合編《中國語言地圖集》(香港：朗文出版公司，1988年)。

仁化縣志編纂委員會辦公室、縣志編緝室編《仁化縣志》(仁化縣志編纂委員會出版社，1992年12月)。

文慶等纂《籌辦夷務始末》(道光朝)(近代中國史料叢刊，臺北縣：文海出版社，1966年10月)。

王欽若等撰《冊府元歸》(臺北：中華書局據明刻初印本影印，中華1972年11月臺二版)。

北京大學中國語言文學系語言學教研室編《漢語方音字匯》(北京市：文字改革出版社，1989年9月)第二版。

國立故宮博物院編緝《宮中檔乾隆朝奏摺》(臺北市：故宮博物院，1984年)。

全漢昇《中國經濟史論叢》(香港：香港中文大學新亞書院、新亞研究所，1972年8月出版)。

曲江縣地方志編纂委員會編《曲江縣志》(印刷中)(廣州市：廣東人民出版社)。

余靖《武溪集》(《廣東叢書》(廣州市：粵東編譯公司據常熟瞿氏藏明成化本影印附排印，1931年)。

呂甫庚、梁朝俊等纂修《曲江鄉土志》(廣東省曲江縣地方志編纂委員會辦公室按中國科學院圖書館館存抄本直行排列鉛印並加校點，1987年12月)。

李如龍、張雙慶《客贛方言調查報告》(福州市：廈門大學出版社，1992年1月)。

李國偉《韶關鄉土歷史》(韶關第一中學史地科，缺出版日期，1988

年8月在韶關博物館購買）。
李新魁《廣東的方言》（廣州市：廣東人民出版社，1994年10月）。
汪宗準修、冼寶幹纂《（民國）佛山忠義鄉志》（南京市：江蘇古籍出版社據1926年刻本影印）。
阮元《廣東通志》（上海市：上海商務印書館，1934年9月，據同治三年重刊本影印）。
乳源瑤族自治縣地方志編纂委員會編《乳源瑤族自治縣縣志》（廣州市：廣東人民出版社，1997年12月）。
周法高《論中國語言學》（香港：香港中文大學出版社，1980年）。
始興縣地方志編纂委員會編《始興縣志》（廣州市：廣東人民出版社，1997年）。
屈大均《廣東新語》（臺北市：臺灣學生書局據清康熙三十九年木天閣刊本景印，1968年4月初版）。
明清廣東社會經濟研究會編《明清廣東社會經濟研究》（廣州市：廣東人民出版社，1987年6月）。
林立芳、莊初昇《南雄珠璣方言志》（廣州市：暨南大學出版社，1995年10月）。
林述訓等纂《韶州府志》（據同治十三年刊本影印，臺北：成文出版社1966年10月臺一版）。
南雄縣地方志編纂委員會《南雄縣志》（廣州市：廣東人民出版社，1991年6月）。
洪適《隸釋》（同治十年曾國藩署檢洪氏晦木齋集貲摹刻樓松書汪氏本皖南）。
范曄《後漢書》（臺北：藝文印書館據清乾隆武英殿刊本景印，1958年）。
計有功《唐詩紀事》（四部叢刊據上海涵芬樓景印明嘉靖間錢塘洪氏

刊本原書)。

徐寶符等纂《樂昌縣志》(臺北市：成文出版社據同治十年刊本影印，1966年)。

珠江三角洲農業志編寫組《珠江三角洲農業志》(初稿)(佛山地區革命委員會《珠江三角洲農業志》編寫組，1976年)。

祝畹瑾《社會語言學概論》(長沙市：湖南教育出版社，1992年8月第一版)。

秦熙祚纂修《曲江縣志》(康熙二十六年抄本)。

偽滿洲國務院輯《清高宗實錄》(臺北市：華文書局據臺灣大學圖書館藏輯者影印本重印，1964年10月)。

張九齡《曲江集》(上海市：上海古籍出版社據文淵閣《四庫全書》影印，1992年11月第一版)。

張希京修《曲江縣志》(據清光緒元年刊本影印，臺北：成文出版社，1967年12月臺一版)。

張廷玉《明史》(臺北市：藝文印書館據清乾隆武英殿刊本景印]，1958年)。

張琨〈漢語方言鼻音韻尾的消失〉《漢語方言》(臺北市：臺灣學生書局，1993年)。

曹寅等奉敕編《全唐詩》(揚州詩局原刊本，康熙四十六年)。

符錫等纂《韶州府志》(新亞研究所圖書館館藏縮微膠片，國立北平圖書館據明嘉靖間刻本影印)。

脫脫《宋史》(臺北市：藝文印書館據清乾隆武英殿刊本景印，1958年)。

陳子龍等編《皇明經世文編》(臺北市：國聯圖書出版公司據國立中央圖書館珍藏明崇禎間平露堂刊本影印，1964年)。

陳昌儀《贛方言概要》(南昌市：江西教育出版社，1991年9月)。

陳保亞《語言接觸與語言聯盟——漢越（侗台）語源關係的解釋》（北京市：語文出版社，1996年7月）。

陳春聲《市場機制與社會變遷——十八世紀廣東米價分析》（廣州市：中山大學出版社，1992年5月）。

黃家教、崔榮昌〈韶關方言新派老派的主要差異〉《中國語文》（北京市：中國社會科學出版社，1983年）第二期。

葉顯恩《廣東航運史（古代部份）》（北京市：人民交通出版社，1989年6月）。

董誥等奉敕編校《全唐文》（內府原刊本，嘉慶十九年）。

裘秉鈁纂修《乳源縣志》（康熙二年，廣東省中山圖書館傳抄本）。

詹伯慧、張日昇《粵北十縣市粵方言調查報告》（廣州市：暨南大學出版，1994年12月）。

詹伯慧《現代漢語方言》（武漢市：湖北教育出版社，1985年8月）。

詹伯慧主編《漢語方言及方言調查》（武漢市：湖北教育出版社，1991年8月）。

褚華《木棉譜》（上海市：商務印書館據藝海珠塵匏集聽彝堂藏版排印，1937年）。

趙杰《北京話的滿語底層和「輕音」「兒化音」探源》（北京市：北京燕山出版社，1996年3月）。

趙爾巽撰《清史稿》（北京市：中華書局，1976年7月第一版）。

韶州馬頭碑（咸豐八年）（拓本藏於韶關博物館）。

韶關市地方志編纂委員會編《韶關市志》（送審稿）（廣州市：廣東人民出版社）。

韶關編輯部《韶關年鑑》（廣州市：韶關編輯部，1986年11月24日）。

劉昫《舊唐書》（臺北市：藝文印書館據清乾隆武英殿刊本景印，1958年）。

廣東省農業委員會、廣州市社會科學院編《廣東鄉鎮》（廣州市：廣東人民出版社，1991年9月）。

廣東測繪局編《廣東省縣圖集》（廣州市：廣東省地圖出版社，1982年12月）。

樂昌縣地方志編纂委員會編《樂昌縣志》（廣州市：廣東人民出版社，1994年1月）。

羅香林《客家研究導論》（上海市：上海文藝出版社，1992年1月據希山書藏1933年11月初版影印）。

顧炎武《天下郡國利病書》（光緒己卯蜀南桐華書屋薛氏家塾修補校正足本）。

【中文論文目錄】

吉川雅之〈粵北粵語和粵北客家話一些共同特徵〉（未刊稿）第五屆國際粵方言研討會論文。

曲江縣地方志編纂委員會編〈□□鎮主要姓氏情況調查〉（未刊稿）。

余伯禧、林立芳〈韶關方言概況〉《韶關大學韶關師專學報》（社會科學版）（廣州市：韶關大學韶關師專學報編輯部出版，1991年）第三期。

余偉文〈樂昌白話的語音特點〉《第二屆國際粵方言研討會論文集》（廣州市：暨南大學出版社，1990年12月）。

余偉文〈樂昌幾種土話的語音特點〉（未刊稿？）1992—1993年廣東省中國語言學會學術年會論文提要，1993年5月6日～9日。

余靄芹〈粵語研究的當前課題〉（稿）（第四屆國際粵方言研討會論文）。

宋秀元〈從檔案史料的記載看清代典當業〉《故宮博物院院刊》（北京市：紫禁城出版社，1985年）第2期。

宋學〈1957～1958年全國漢語方言普查的成果調查〉《語文現代化（叢刊）》（上海市：知識出版社，1980年5月）第二輯，p.277。

李如龍、張雙慶〈客贛方言入聲韻和入聲調〉《吳語和閩語的比較研究》（上海市：上海教育出版社，1995年5月）。

李如龍〈聲調對聲韻母的影響〉《語言教學與研究》（北京市：北京語言學院出版社，1990年3月）第一期。

周日健、馮國強〈曲江馬壩（葉屋）客家話語音特點〉《客家方言研究》（廣州市：暨南大學出版社，1998年9月）。

易家樂（Egerod,Søren）〈南雄方言記略〉《方言》（北京市：中國社會科學出版社，1983年）第二期。

林立芳、莊初昇、鄺永輝〈韶關市近郊「虱婆聲」的初步研究〉《韶關大學學報》（社會科學版）（韶關大學學報，1995年）第一期。

林立芳、莊初昇〈如何看待珠璣方言與粵方言的關係〉《韶關大學學報》（社會科學版）（廣州市：韶關大學學報編輯部，1997年）第一期。

林立芳、莊初昇〈南雄珠璣方言與珠江三角洲諸方言的關係〉《韶關大學學報》（社會科學版）（廣州市：韶關大學學報編輯部，1996年）第一期。

林立芳、莊初昇〈韶關本城話音系〉（全國漢語方言學會第八屆學術討論會論文，1995年10月）。

林立芳〈馬壩方言詞匯〉《韶關大學學報》（社會科學版）（廣州市：韶關大學學報編輯部，1994年）第一期。

林立芳〈馬壩客家方言同音字匯〉《韶關大學學報》（社會科學版）（廣州市：韶關大學學報編輯部，1992年）第一期。

林鈴〈經濟學家趙元浩與韶關市商會〉《韶關文史資料》（中國人民政治協商會議廣東省韶關市委員會文史委員會編印，1987年3月30

日）第九輯。

邵宜、邵慧君〈清遠「學苷話」記略〉《中國語文研究》（香港：香港中文大學中國文化研究中心吳多泰中國語文研究中心出版，1995年10月）第十一期。

邵宜〈韶關市粵語的特點〉（未刊稿？）1992～1993年廣東省中國語言學會學術年會論文提要，1993年5月6日～9日。

邵慧君〈粵北清遠市區白話述略〉第四屆國際粵方言研討會論文，1993年12月。

邵慧君〈韶關本城話的變音〉（未刊稿）第七屆全國漢語方言年會論文，1993年7月。

張曉山〈連縣四會話與廣州話聲韻特點比較〉《暨南學報》（哲學社會科學）（廣州市：暨南大學學報編輯部，1994年）第三期。

張雙慶、萬波〈南雄（烏徑）方言音系特點〉《方言》（北京市：商務印書館，1996年11月）第四期。

張雙慶、萬波〈樂昌（長來）方言古全濁聲母今讀音的考察〉《方言》（北京市：商務印書館，1998年）第三期。

梁猷剛〈廣東省北部漢語方言的分佈〉《方言》（北京市：中國社會科學出版社，1985年）第二期。

莫古黎（F.A.Maclure），黃永安譯〈廣東的土紙業〉《嶺南學報》（1929年12月）第一卷第一期。

莊初昇〈粵北客家方言的分佈和形成〉《韶關大學學報》（社會科學版）（廣州市：韶關大學學報編輯部，1999年）第一期。

莊初昇〈粵北韶關市的閩方言——連灘聲〉《第四屆國際閩方言研討會論文集》（廣州市：汕頭大學出版社，1996年）。

陳忠烈〈清代粵北經濟區域的形成與特點〉《廣東社會科學》（廣州市：廣東社會科學編輯部，1988年八月）第三期。

陳曉錦〈曲江白土蝨母也 話聲韻調〉（未刊稿？）1992～1993年廣東省中國語言學會學術年會論文提要，1993年5月6日～9日。

陳曉錦〈粵北曲江的閩話——連灘話特點簡述〉《暨南學報》（哲學社會科學）（廣州市：暨南大學學報編輯部，1994年）第三期。

馮國強《韶關市區粵語語音的特點》（碩士論文，1991年6月）。

黃開光〈抗日戰爭時期韶關見聞〉《韶關文史資料》（中國人民政治協商會議廣東省韶關市委員會文史委員會編印，1986年1月25日重版）第一、第二輯合訂本。

董坪申〈試述曲江縣城的變遷〉《曲江文史》（政協曲江縣文史資料委員會編，1990年3月）第十五輯。

熊正輝〈廣東方言的分區〉《方言》（北京市：中國社會科學出版社，1987年）第二期。

劉志偉、戴和〈明清時期廣東士宦開海思想的歷史發展〉《學術研究》（廣州市：廣東人民出版社，1986年）第三期。

劉綸鑫〈贛南客家話的語音特點〉《國際客家學研討會論文集》（香港：中文大學海外華人研究出版社，1994年）。

鄭張尚芳〈廣東省韶州土話簡介〉（未刊稿）（語方言學會第四屆學術討論會論文）

鄭張尚芳《廣東北部韶關地區方言分佈概況》（未刊稿）。

賴灝〈解放前的韶關市場〉《韶關文史資料》（中國人民政治協商會議廣東省韶關市委員會文史委員會編印，1988年8月）第十二輯。

謝昌壽〈旅居韶關外地人的職業情況〉《韶關文史資料》（中國人民政治協商會議廣東省韶關市委員會文史編委會編印，1988年8月）第十二輯。

謝留文〈于都方言語音、語法的幾個特點〉《客家縱橫》（增刊）（閩西客家學研究會，1994年12月）。

鄺永輝、林立芳、莊初昇〈韶關市郊石陂村語言生活的調查〉《方言》（北京市：商務印書館，1998年）第一期。

鄺永輝、莊初昇〈曲江縣白土墟言語交際中的語碼轉換〉（未刊稿）第六屆雙語雙方言研討會（國際）論文。

鄺永輝〈粵語影響下的韶關市城區普通話詞匯特點〉《韶關大學學報》（社會科學版）（廣州市：韶關大學學報編輯部，1996年）第一期。

饒秉才〈《客家研究導論》中的客家語言存疑〉《客家方言研究》第二屆客家方言研討會論文集（廣州市：暨南大學出版社，1998年）。

後 記

筆者於一九九九年取得博士學位，距離本書出版已十三年了。由於還沒有著作對韶關、曲江兩地的粵語作詳細研究，本書的出版還有其價值，所以本書基本保留當年博士論文通過後修改的模樣。

我的論文能夠順利完成，得力於以下數人，在此一一言謝。

首先要感謝博士論文指導老師單周堯教授，單老師先後兩次跟筆者表示：「要多調查同一事物。一次的結果，一次的現象，不代表一定正確，真實現象許多時候要從反覆的尋求中，纔能展露出來。」所以筆者多年來先後在韶關、曲江差不多住上一年多，在粵北不斷以追蹤式進行調查方言和反覆核實材料，就是要踏實找出該方言的本貌、變異，甚至微小變異。

華南師範大學周日健教授多次指點筆者，他曾經指出：「要分析某地方言的變異跟方言接觸有關，也要先弄清楚該方言的本貌，本貌也不知道，差異要從何說起。」這是很正確的。

董坪申先生，是《曲江縣志》（1999年版）主編。從一九九三年到一九九六年，董先生抽出大量時間陪同筆者到各鄉鎮進行調查。地點距離縣城較遠的，或是要進行全面調查，我們便在當地住下來，還記得我們曾在曲江大坑口、烏石、白土、犁市、濛浬、大寶山等地留宿多天，居於鎮政府招待所或其客房。有時候留下兩、三天，有時候留下四、五天，我們一起生活，一起調查，大概有十多次。我在記音的時候，董主任會主動代我聯繫下一個當地合適的合作人。一起下鄉時，他也不忘自己的工作，有的時候，他會上街道調查當地鎮居民交談情況，深入了解當地以操甚麼方言為主，以及各方言在當地流行的情況和所佔百分比；有的時候，他會採訪當地人，要求看看族譜，了解當地人口從何處遷來，遷來多久；有的時候，他會記下墓誌。他的嚴謹，他的認真，教人絕對相信《曲江縣志》中的方言資料和數據的準確性。在此也多謝現曲江區史志辦伍時毅先生，當年他也曾出力協助本人。

華南師範大學嶺南文化研究中心副主任邵慧君教授，她當年便把韶關本城話的調查手稿複印給我參考，在此衷心的表達感謝。

現中山大學博導莊初昇教授，他當年慷慨把其手上多份未發表的調查資料送給筆者參考，如韶關候山客家話，曲江上窰虱婆聲等材料，也是筆者要多謝的人。

還要多謝韶關學院前校長林立芳教授，他多次提供大學公車接送，又安排筆者在樂昌、南雄進行方言調查，十分感謝。

在合作人方面，韶關方面要多謝關倩俊老師；曲江方面，要多謝的是張景雄、張崢父子，他們三人全力協助本人進行多年密集追蹤式調查。其餘合作人也曾協助我多次調查，在此不一一列名。

《韶關市區粵語語音變異研究》是一本難有經濟效益的書，所以十三年裡也沒有出版社願意出版。最後能夠出版，要多謝從臺灣回港執教於香港樹仁大學的博導何廣棪教授認同此文的學術價值，大力推薦給臺灣萬卷樓，讓本書順利出版。同時也多謝臺灣萬卷樓梁錦興總經理大力支持，本書方能付梓。在這商業化社會裡，學術著作出版之難，總教人無限感慨。萬卷樓明知出版此書不會給他們帶來經濟效益，卻以繁榮學術研究事業，加強學術交流之目的，支持出版，筆者特向出版社諸同仁致以崇高敬意。

在這裡要感謝論文指導老師單周堯教授、暨大博導甘於恩教授撥冗作序，在此深表謝意。

最後，此書如有甚麼錯誤和缺點，敬請海內外的學者不吝指正。

馮國強

二〇一二年四月八日於香港樹仁大學

國家圖書館出版品預行編目(CIP)資料

韶關市區粵語語音變異研究 / 馮國強著. -- 初版.
-- 臺北市 : 萬卷樓, 2012.04
面 ; 公分. --(語言文字叢書)
ISBN 978-957-739-751-5(平裝)

1.粵語 2.語音學 3.比較方言學

802.5233 101004544

韶關市區粵語語音變異研究

2012年4月 初版 平裝

ISBN 978-957-739-751-5

定價：新臺幣 **260** 元

作　者　馮國強
發行人　陳滿銘
總編輯　陳滿銘
副總編輯　張晏瑞
編　輯　游依玲
編輯助理　吳家嘉
封面設計　斐類設計

出版者　萬卷樓圖書股份有限公司
編輯部地址　106 臺北市羅斯福路二段 41 號 9 樓之 4
電話　02-23216565
傳真　02-23218698
電郵　editor@wanjuan.com.tw
發行所地址　106 臺北市羅斯福路二段 41 號 6 樓之 3
電話　02-23216565
傳真　02-23944113
印刷者　百通科技股份有限公司

新聞局出版事業登記證局版臺業字第 5655 號

網路書店　www.wanjuan.com.tw
劃撥帳號　15624015